Chères lectrices,

Vous connaissez bien sûr Cupidon, le dieu de l'amour dans la mythologie romaine : incarnant le désir amoureux, il est souvent représenté comme un enfant ailé qui perce les cœurs de ses flèches... Nous avons toutes en mémoire ces moments où, touchées par un trait invisible, nous nous sentons soudain mystérieusement reliées à l'être aimé : plus rien ne compte que les regards échangés et les petits gestes qui disent tant de choses. Ah, quelle délicieuse blessure l'amour nous inflige-t-il alors...

Et n'est-ce pas Cupidon qui guide chaque mois les pas de nos héroïnes vers l'homme qui saura les conquérir ? Par exemple ceux de Chloé (*Bouleversantes retrouvailles*, Azur n° 2567), qui va découvrir qu'un sentiment véritable est plus fort que tout. Ceux de Lucy (*Un millionnaire très secret*, Azur n° 2570), irrésistiblement attirée par son très séduisant patron... Ou encore ceux de Skye (*La fiancée trahie*, Azur n° 2568) retrouvant l'homme qu'elle n'a jamais cessé d'aimer et qui l'a pourtant trahie...

Nul doute que leur chemin, semé d'embûches, les mènera jusqu'au bonheur...

A vous toutes, excellente lecture,

La responsable de collection

KATHRYN ROSS

Un millionnaire très secret

COLLECTION AZUR

éditions **Harlequin**

Cet ouvrage a été publié en langue anglaise
sous le titre :
THE MILLIONAIRE'S SECRET MISTRESS

Traduction française de
MARIANNE IUBIRE

HARLEQUIN®

est une marque déposée du Groupe Harlequin
et Azur® est une marque déposée d'Harlequin S.A.

Toute représentation ou reproduction, par quelque procédé que ce soit, constituerait une contrefaçon sanctionnée par les articles 425 et suivants du Code pénal.
© 2005, Kathryn Ross. © 2006, Traduction française : Harlequin S.A.
83-85, boulevard Vincent-Auriol, 75013 PARIS — Tél. : 01 42 16 63 63
Service Lectrices — Tél. : 01 45 82 47 47
ISBN 2-280-20474-6 — ISSN 0993-4448

1.

— Alors comme ça, tu vas à une soirée de *speed dating* ?

La question surprit Lucy alors qu'elle était sur le point d'entrer dans la salle de réunion pour présenter l'un des exposés les plus importants de sa carrière.

— Mais comment es-tu au courant ? demanda-t-elle d'un air faussement détaché, espérant que ses joues n'étaient pas écarlates.

— C'est Mel, de la comptabilité, qui me l'a dit, répondit Carolyn.

Lucy soupira.

— Tu sais, c'est juste pour m'amuser un peu.

Elle parcourut des yeux les bureaux en pleine effervescence pour vérifier que personne ne prêtait attention à leur conversation. Heureusement, on était vendredi après-midi et tous les employés avaient les yeux rivés sur leur écran d'ordinateur, le téléphone calé contre l'oreille, pour pouvoir partir dès 17 h 30.

— Tu as bien raison, approuva Carolyn. Tu travailles beaucoup trop ces temps-ci.

— Je crois que nous sommes tous dans ce cas. Tout le monde s'inquiète depuis le rachat de notre société par EC Croisières.

— C'est vrai, je ne dors presque plus depuis qu'ils nous ont annoncé ça le mois dernier. Et encore, je n'ai pas un poste à responsabilité.

— Je suis sûre que nous nous sentirons mieux la semaine prochaine quand les nouveaux dirigeants seront là. Qui sait, peut-être qu'il n'y aura aucun licenciement et que rien ne changera.

— Ce n'est pas ce qui se dit dans les couloirs, murmura Carolyn. Il paraît qu'EC Croisières rachète ses concurrents pour les démanteler.

Lucy fronça les sourcils. Elle aussi avait lu des articles sur cette entreprise, et ce qu'elle avait appris ne l'avait pas rassurée.

— Bon, pour l'instant, concentrons-nous sur notre travail.

Elle leva les yeux et vit que le directeur général et certains membres du conseil d'administration commençaient à se diriger vers la salle de réunion. Carolyn avait raison : elle avait travaillé sans relâche. Le rapport qu'elle allait présenter cet après-midi représentait des mois de travail, et elle espérait qu'elle n'avait pas fait tout cela pour rien, maintenant que la société avait été rachetée.

— Si seulement je pouvais faire la part des choses comme toi ! ajouta Carolyn. Tu es toujours si calme et si confiante.

— Tu trouves ?

— Bien sûr. Par exemple, chaque fois que je vois ton salaud d'ex-mari, je me demande comment tu peux supporter de le croiser tous les jours au bureau.

— J'ai fini par m'y faire, c'est tout.

— Tu as toujours été trop gentille avec lui.

— Peut-être, dit-elle avec un sourire avant de fermer son attaché-case.

Cesserait-on un jour de lui parler de son ex-mari ? Jetant un œil à travers la cloison de verre, elle l'aperçut justement qui arrivait dans le couloir. Kris avait six ans de plus qu'elle, trente-cinq ans maintenant, et c'était vraiment un bel homme, quand on aimait les blonds aux yeux bleus… Plus du tout le genre qui l'attirait à présent !

En soupirant, elle se demanda encore une fois comment elle avait pu laisser Mel la persuader de l'accompagner à cette soirée de *speed dating*.

— Tu dois juste accorder trois minutes à chaque homme, avait-elle expliqué. Et si aucun ne te plaît, tu rentres chez toi et tu n'as aucun compte à rendre.

Cela avait l'air parfait, en théorie. Trois minutes, c'était le temps maximum qu'elle était prête à donner à un homme, de toute façon.

Kris n'était pas seul. L'homme qui l'accompagnait était plus grand que lui, plus large d'épaules aussi. Elle avait toujours pensé que son ex-mari avait un physique très agréable, mais à côté de cet inconnu, il semblait presque insignifiant.

Qui était-ce ? A ce moment, il tourna la tête et leurs regards se croisèrent à travers la vitre. Il était très séduisant : des yeux d'un noir intense, des cheveux bruns et une mâchoire carrée. Il semblait être espagnol, ou latino-américain peut-être. Il lui adressa un sourire qu'elle lui rendit brièvement avant de détourner le regard.

Elle n'avait vraiment pas besoin de complications au travail. Elle en avait déjà assez comme cela.

Comme pour la conforter dans cette idée, elle se rendit compte que Carolyn était toujours en train de lui parler de son ex-mari.

—... et je suis sûre qu'il regrettera un jour ce qu'il a fait.

— Ecoute, Carolyn, je n'ai vraiment aucune envie d'en parler. Et encore moins ici.

Elle parcourut de nouveau la salle du regard. Elle maudissait l'architecte qui avait eu l'idée saugrenue de supprimer toutes les cloisons pour créer ces immenses bureaux paysagers.

— Désolée, dit Carolyn. Je t'appelle plus tard.

— Oui, bonne idée.

Carolyn était quelqu'un de gentil, mais elle était vraiment trop bavarde. Et Lucy en avait assez d'être l'objet des commérages. Les gens se lasseraient-ils un jour de parler de l'échec de son mariage ?

Une chose était sûre : elle ne sortirait plus jamais, au grand jamais, avec un collègue de bureau. Certes, Kris ne travaillait pas encore chez Croisières Caraïbes quand elle avait commencé à le fréquenter. Mais le comble de l'ironie, c'était qu'il y avait obtenu un emploi grâce à elle…

Elle secoua la tête. Elle devait oublier cela et se concentrer sur son travail. Kris et sa jolie blonde étaient faits l'un pour l'autre, voilà tout !

Relevant le menton, elle saisit son attaché-case et se dirigea vers la salle de réunion.

Elle portait un tailleur-pantalon sombre à fines rayures, et un chemisier blanc. Ses longs cheveux noirs étaient ramenés en arrière. Quelques hommes la détaillèrent avec intérêt quand elle prit place autour de la table vernie, mais elle ignora leurs regards admiratifs.

Kris franchit la porte peu de temps après elle.

— Ah, Lucy, te voilà. Monsieur Connors, je vous présente la responsable de notre département marketing, Lucy Blake. Lucy, voici monsieur Connors, qui vient du nouveau siège de la Barbade.

Lucy se leva et se retrouva face à l'homme qui lui avait souri dans le couloir. Au moment où elle plongeait son regard dans le sien, quelque chose de très étrange se produisit : toutes les pensées qui occupaient son esprit s'évanouirent, jusqu'à oublier l'endroit où elle était, et combien Kris pouvait l'exaspérer… Elle se laissa complètement captiver par le regard le plus séducteur qu'elle ait jamais vu.

— Enchantée, monsieur Connors.

Elle n'avait pas réalisé tout à l'heure à quel point il était attirant. Elle était plutôt grande, mais elle se sentait toute petite en face de lui.

Il lui adressa un sourire éblouissant et elle ne put s'empêcher d'admirer combien ses lèvres étaient fermes et sensuelles. Elle se demanda aussitôt comment ce serait d'embrasser un homme comme lui, d'être prise dans ses bras, d'être prise… Son ventre se contracta.

Horrifiée, elle détacha son regard du sien. Elle n'avait jamais connu un tel frisson. Peut-être était-elle seule depuis trop long-temps, songea-t-elle. Pour dissimuler son trouble, elle adopta son ton le plus professionnel.

— Soyez le bienvenu dans notre bureau de Londres, monsieur Connors, dit-elle en lui tendant la main.

— Merci.

Elle aurait juré que cet échange de politesses l'amusait. Il lui serra la main avec énergie.

— Je vous en prie, appelez-moi Rick.

Lucy retira sa main. Le contact avec sa peau était trop déstabilisant…

— C'est d'accord, Rick, murmura-t-elle.

Il y eut un moment de silence, que Kris brisa.

— Monsieur Connors est ici pour évaluer la façon dont les choses sont gérées à Londres. Il va passer une semaine avec nous, pendant laquelle il faudra que tu répondes à ses questions et que tu prennes le temps de lui expliquer le fonctionnement de ton département. Tu lui montreras comment ton travail a contribué à faire de nous l'un des plus grands organisateurs de croisières.

Lucy se demanda pourquoi son ex-mari avait l'air de réciter une des brochures qu'elle-même avait rédigées. Elle lui lança un regard intrigué auquel il répondit par un air faussement bienveillant.

— Bien sûr, répondit-elle en se tournant vers Rick Connors, qui lui sourit de nouveau.

— Ce sont les objectifs que je me suis fixés pour cette semaine, mais nous pouvons être un peu plus souples.

Elle se demanda s'il était originaire d'un pays d'Amérique latine. Avec ses cheveux noirs et son regard de braise, ça n'aurait rien eu d'étonnant. Mais son nom de famille et son accent semblaient typiquement britanniques.

Le directeur général de Croisières Caraïbes, John Layton, s'approcha d'eux.

— Content de vous revoir, Rick, dit-il en lui serrant la main. Je vois que vous avez rencontré Lucy. C'est un élément irremplaçable dans notre équipe. Elle va inaugurer notre toute nouvelle collaboration en nous présentant le programme des croisières pour la saison prochaine.

— Je suis impatient de l'entendre, répondit-il d'une voix grave qui la fit frissonner.

Tandis que les trois hommes s'éloignaient pour parler aux autres membres du conseil d'administration, Lucy jeta un dernier coup d'œil à ses documents. Elle s'était bien préparée et ne devrait donc rencontrer aucun problème, se dit-elle pour se rassurer.

— Qui est ce beau gosse ? chuchota Gina, sa secrétaire en se glissant sur un siège à côté d'elle.

Lucy suivit son regard et sourit.

— C'est M. Connors, il vient de la Barbade pour inspecter notre société. En somme, c'est une sorte d'espion, qui doit être là pour vérifier que nous faisons tous notre travail correctement avant l'arrivée des nouveaux patrons, la semaine prochaine.

— En ce qui me concerne, il peut m'examiner sous toutes les coutures, et quand il veut ! Il est beau comme un dieu !

— Et sans doute marié avec trois enfants…

— Hélas, c'est probable, soupira Gina. Au fait, tu as entendu la rumeur ?

— Non…, répondit Lucy en faisant défiler sa présentation sur l'écran de son ordinateur portable. As-tu trouvé le dossier que je t'avais demandé ?

— Oui, désolée d'avoir mis autant de temps. J'ai eu un petit contretemps : j'ai rencontré quelqu'un dans le couloir qui m'a annoncé une nouvelle surprenante.

Sans quitter des yeux ses documents, Lucy finit par demander :

— Quelle nouvelle ?

Sa secrétaire hésita car on venait d'annoncer que la réunion allait commencer.

— Allons, Gina, dis-moi !

Sa secrétaire se pencha vers elle.

— Il paraît que la petite amie de ton ex-mari est enceinte. Quelqu'un l'a vue, elle en est au moins à son septième mois !

Lucy eut soudain mal au ventre. Pourtant, cette nouvelle aurait dû la laisser indifférente. Qu'est-ce que cela pouvait bien lui faire ?

— Lucy ?

Soudain, elle se rendit compte que tous les regards étaient braqués sur elle : on attendait qu'elle commence son exposé.

Elle se leva à la hâte. Pendant une seconde de panique, ce fut le vide dans son esprit. Puis elle baissa les yeux vers la table et son regard croisa celui de Kris qui l'observait avec attention, pensant sans doute qu'elle allait tout rater. Piquée au vif, elle se reprit.

— Je vais donc vous présenter les projets de croisières pour la saison prochaine…

Elle jeta un coup d'œil rapide à ses notes puis se lança.

Rick se redressa sur son siège. Il était impressionné par la façon dont la jeune femme captivait son auditoire. Il appréciait son efficacité et son calme. Et elle connaissait son sujet sur le bout des doigts, songea-t-il en la regardant faire défiler sa présentation sur le rétroprojecteur. Sa voix douce et légèrement rauque emplissait la salle plongée dans l'obscurité.

Quelque chose chez elle l'intriguait. Peut-être était-ce la note de vulnérabilité qu'il percevait en elle malgré son assurance. Ou peut-être était-il troublé par les courbes sexy qu'il devinait sous le tailleur impeccable qu'elle portait…

Les lumières se rallumèrent.

Lucy demanda s'il y avait des questions. Elle parcourut la salle du regard, et elle croisa un instant les yeux de Rick Connors.

Quelques personnes posèrent des questions précises sur l'analyse des coûts, auxquelles elle répondit sans aucune hésitation.

John Layton prit ensuite la parole, puis un des comptables. Lorsque la réunion fut terminée, les personnes présentes rassemblèrent leurs documents et se dirigèrent vers la sortie.

A contre-courant, Rick se dirigea vers Lucy. Quand elle leva les yeux vers lui, il nota de nouveau de la vulnérabilité dans son regard.

— Excellente présentation.

— Merci, répondit-elle avec un bref sourire tout en continuant à ramasser ses affaires.

— Je voulais juste vous poser une question.

— Oui ?

Elle replaça une mèche de cheveux derrière son oreille.

— Accepteriez-vous de dîner avec moi ce soir ?

En voyant son air stupéfait, il se réjouit d'avoir réussi à la surprendre.

— Désolée, je ne peux pas ce soir. Je suis prise, répondit-elle sèchement.

— Alors, demain soir, peut-être ?

Il n'était pas du genre à baisser les bras ainsi.

— Je ne pourrai pas demain non plus.

Elle acheva de ranger ses documents et referma son attaché-case d'un geste sec.

— Merci pour l'invitation, reprit-elle, mais je ne mélange jamais travail et plaisir. C'est une mauvaise combinaison.

Rick la regarda s'éloigner avec un sourire aux lèvres. Cela faisait des années qu'une femme ne lui avait pas dit non, et il trouvait le défi très intéressant à relever. Il aimait sa personnalité : elle l'intriguait.

2.

Rick leva les yeux de son journal quand une serveuse s'approcha.

— Votre whisky, monsieur Connors, fit-elle avec un sourire.

— Merci Stacie, dit-il en lisant le prénom sur son badge.

Elle lui sourit plus largement encore et s'éloigna. Rick replia le *Financial Times* et saisit son verre. Il contempla avec satisfaction le confortable salon aux canapés jaune pâle. L'hôtel Cleary méritait bien ses cinq étoiles, avec ses hauts plafonds, ses moulures raffinées et ses lustres imposants. Il aimait aussi le parquet de bois précieux, les tapis égyptiens aux couleurs claires et les cheminées où brûlaient de vrais feux. De tous les hôtels qu'il possédait dans le monde, celui-ci était sans aucun doute son préféré. Cet endroit lui semblait posséder une élégance intemporelle.

Il regarda par la fenêtre. Le quartier de Kensington semblait désolé. La pluie s'abattait en oblique et des bourrasques de vent balayaient les rues sombres. Il avait oublié à quel point il détestait Londres en janvier : le climat était épouvantable ! Il avait hâte de conclure les affaires pour lesquelles il était venu, et de rentrer chez lui à la Barbade.

Un taxi se gara devant l'hôtel et le portier se précipita vers lui. Rick but une gorgée de whisky et vit deux jeunes femmes sortir du véhicule et se mettre à courir en luttant contre le vent qui soufflait de plus belle. L'une d'elles, aux cheveux blonds bouclés, retenait d'une main son béret sur sa tête. L'autre tentait de rabattre son manteau beige sur ses longues jambes. Toutes deux étaient hilares et hors d'haleine lorsqu'elle pénétrèrent dans le hall.

— Mais qui a eu cette idée folle ? demanda la jeune femme blonde en ôtant son manteau pour révéler une petite robe noire qui ne dissimulait aucune de ses courbes voluptueuses.

Mais c'était l'autre jeune femme qui retenait l'attention de Rick. Il l'avait reconnue dès qu'elle était sortie du taxi. Impossible de ne pas reconnaître cette magnifique chevelure sombre et cette peau diaphane. Que faisait Lucy à l'hôtel Cleary ?

— Je te rappelle que c'est toi qui as eu cette idée folle, protesta celle-ci en riant. Je ne comprends pas comment je me suis laissé convaincre. N'importe quelle personne saine d'esprit serait restée bien au chaud chez elle avec une bonne bouteille de vin et un feu de cheminée.

— Et depuis quand es-tu une personne saine d'esprit ? Allez viens, allons commander un verre de vin et voir s'il y a des princes charmants dans cette soirée.

— Des princes charmants ? Tu es optimiste !

— Tu peux faire de l'ironie, mais George Clooney m'attend peut-être derrière cette porte…

Elles éclatèrent de rire.

Rick sourit intérieurement en les regardant passer devant la réception. Puis leurs voix s'éloignèrent et le silence retomba, un silence qui lui sembla soudain presque terne. Il finit son verre et se leva, cédant à la curiosité.

— Bonsoir monsieur Connors, dit le réceptionniste quand Rick passa devant lui.

— Bonsoir.

Il avisa soudain une pancarte avec une flèche pointant vers une des salles de réception : « Soirée *Speed dating* : salle Mayfair ».

— Du *speed dating* ? s'étonna-t-il en haussant un sourcil. Depuis quand accueillons-nous ce genre d'événements ?

— C'est la première fois, monsieur.

— Vraiment ? Et qui a eu cette idée ?

— C'est Julie Banks, la responsable des salles de réception. Voulez-vous que je la fasse appeler ?

— Non, ce ne sera pas nécessaire, merci, répondit Rick en descendant déjà les marches pour suivre la flèche.

Les doubles portes de la salle Mayfair étaient grandes ouvertes. Une foule de personnes grouillaient autour des tables et des chaises qui avaient été disposées sur la piste de danse. Rick repéra Lucy qui s'asseyait sur un tabouret du bar, à l'autre bout de la pièce.

Elle s'était débarrassée de son manteau et portait un pull en laine angora bleu pâle avec une jupe de la même couleur. Quand elle pivota sur le tabouret pour parcourir la salle du regard, il put admirer ses jambes interminables et remarquer ses escarpins bicolores bleu et beige. Lucy Blake avait un côté très bon chic bon genre.

Rick repéra à quelques mètres la femme qui avait l'air d'être l'organisatrice de la soirée, et qui donnait des consignes à un des employés. Agée d'une cinquantaine d'années, elle portait des lunettes à monture sombre et un tailleur noir qui dissimulait mal sa maigreur. Son physique contrastait avec ses gestes, vifs et efficaces.

Comme Rick allait s'avancer vers elle, une jeune femme surgit tout à coup devant lui et se présenta.

— Monsieur Connors, on m'a dit que vous me cherchiez. Je m'appelle Julie Banks, responsable des salles de réception de l'hôtel. Y a-t-il un problème ? En quoi puis-je vous aider ?

— Il n'y a aucun problème, Julie. Je suis juste un peu curieux, la rassura-t-il avec un sourire. Je me demandais simplement quel succès rencontraient ces soirées de *speed dating*.

— Eh bien, comme vous pouvez le constater, il y a beaucoup de gens. J'ai voulu faire un essai… Vous savez, nous cherchons des solutions pour remplir la troisième salle de réception hors saison. Nous avons également accueilli un séminaire d'artisanat d'art qui a rencontré beaucoup de succès, mais…

— Si vous voulez bien m'excuser, Julie, je voudrais m'entretenir avec l'organisatrice de la soirée quelques instants.

— Oh, mais elle n'est pas employée par l'hôtel, elle organise ces soirées de *speed dating* dans plusieurs endroits…

— Oui, c'est très bien, je vous remercie, Julie.

Rick se remit en marche, mais la jeune fille le suivit, l'air anxieux.

L'organisatrice tournait fébrilement les feuilles de son bloc-notes lorsqu'il arriva devant elle.

— Oui, votre nom, s'il vous plaît ? demanda-t-elle sans lever les yeux.

— Rick Connors.

— C… Connors… Je crois que vous n'êtes pas sur la liste. Avez-vous payé votre inscription, monsieur Connors ? demanda-t-elle, toujours sans le regarder.

Julie Banks se faufila entre eux, au comble de l'embarras.

— Euh… Je crois que vous ne comprenez pas, madame Sullivan. Euh… Monsieur Connors est…

— Ce qu'il est ne change rien, mademoiselle Banks. Si son nom n'est pas sur la liste, il ne peut pas participer à la soirée, répondit-elle en jetant un regard glacial à la pauvre jeune femme.

— Monsieur Connors ne souhaite pas participer ! s'exclama Julie, horrifiée. Vous ne comprenez pas. Monsieur Connors est le propriétaire de cet hôtel et…

— Je veux juste essayer brièvement, coupa Rick, amusé par l'expression abasourdie de Julie. Je me contenterai de cinq minutes avant la fin. Et je voudrais parler à une participante en particulier.

— Mais ce n'est pas ainsi que cela fonctionne, monsieur Connors, protesta Mme Sullivan. Voyez-vous, l'idée est de passer quelques minutes avec chaque personne, pour savoir laquelle vous aimeriez revoir. Vous cochez son nom sur votre fiche. Nous regroupons ensuite toutes les fiches et nous mettons en contact les personnes qui se sont plu.

— Oui, mais je sais déjà quelle femme j'aimerais revoir, je peux donc sauter quelques étapes, dit Rick en sortant son portefeuille. Je vais vous payer mon inscription, bien entendu.

Mme Sullivan semblait agacée.

— Vous savez que ce n'est pas du tout conforme au règlement.

— Je sais, oui, répondit-il en souriant. Mais peut-être accepteriez-vous de faire une petite exception…

Elle remonta ses lunettes sur son nez.

— Bien, ça ira pour cette fois-ci.

— C'est très gentil à vous, madame Sullivan. Je vous en suis très reconnaissant.

— Je t'avais bien dit qu'il y aurait beaucoup de monde, dit Mel d'un ton triomphant.

— Oui, tu avais raison, répondit Lucy distraitement en contemplant ses nouvelles chaussures.

Elle n'aurait jamais dû les mettre ce soir-là, leurs talons étaient trop hauts et elle avait déjà les pieds en feu.

— C'est comme ça qu'on fait des rencontres de nos jours. C'est la solution parfaite pour des femmes actives comme nous.

En une nuit, on concentre une trentaine de célibataires. Que demander de plus ?

— Hum… Laisse-moi réfléchir. Un bain chaud ? Un bon livre ? Les deux, et ce serait le paradis pour moi !

— Allons, tu dis n'importe quoi ! Tu as juste peur de t'engager de nouveau.

L'image de Rick Connors l'invitant à dîner surgit dans l'esprit de Lucy. S'il n'avait pas eu de rapport avec Croisières Caraïbes, elle aurait été tentée de sortir avec lui.

— Je n'ai pas peur ! protesta-t-elle. Je suis sortie avec plusieurs hommes depuis que Kris et moi avons divorcé, alors tu ne peux pas m'accuser de vivre comme une nonne.

— Quels rendez-vous ! Chaque fois, tu es rentrée chez toi à 22 heures pour t'emmitoufler sous ta couette avec une tasse de thé.

— Que veux-tu, aucun d'eux ne me plaisait. Et je ne pourrais pas avoir une relation avec quelqu'un qui ne me plaît pas vraiment… Il faut qu'il y ait un peu de magie.

— Et ce Ryan ? Il était pourtant très beau. Il ne te plaisait pas ?

Lucy haussa les épaules.

— Il avait commencé par me mentir en me disant qu'il n'avait jamais été marié. Et puis au cours du dîner, il m'a avoué qu'il était divorcé et que c'était lui qui avait quitté sa femme. Ça m'a suffi.

— Enfin, Lucy, si tu cherches l'homme parfait, tu ne le trouveras jamais : il n'existe pas.

— Mais tu sais combien je déteste les mensonges. J'en ai assez entendu quand j'étais mariée avec Kris. Je ne veux pas d'un homme en qui je ne pourrais pas avoir confiance.

— Ryan était peut-être trop ému pour te parler de son divorce ?

— Peut-être.

— En tout cas, je pense que tu n'es pas dans le bon état d'esprit pour rencontrer un homme.

— Que veux-tu dire ? demanda Lucy en buvant une gorgée de vin.

— Eh bien, tu ne veux pas te remarier tout de suite, n'est-ce pas ?

— Oh non !

— Ni vivre avec quelqu'un ?

— Je tiens à mon indépendance. Il me faudra beaucoup de temps avant d'envisager ça de nouveau…

Elle se prit à songer qu'elle avait voulu un enfant quand elle était mariée… Elle n'avait pas encore avoué à Mel que la petite amie de Kris était enceinte. C'était encore trop douloureux pour qu'elle puisse en parler.

— Il faut que tu considères les relations humaines, et les hommes, sous un jour différent. Il te faut quelqu'un qui rallume ton désir, rien d'autre. Ça n'est pas grave si ce n'est pas celui avec qui tu referas ta vie. Crois-moi, il n'y a rien de plus excitant qu'une folle nuit d'amour, suivie de rendez-vous secrets… sans les contraintes de la vie quotidienne. Et quand l'attrait de la nouveauté s'émousse, tu passes à une nouvelle conquête !

— Je ne pense pas être prête pour ça, Mel. Ce n'est pas vraiment mon truc.

— Ecoute, après ce que tu as traversé, tu as pourtant besoin de t'amuser un peu.

— Oui, je suis d'accord… Mais en douceur.

Pour faire plaisir à son amie qui se donnait du mal pour elle, Lucy décida de se montrer plus enthousiaste.

— Alors, comment sont les hommes ce soir ? As-tu déjà repéré ton George Clooney ?

— A vrai dire, il y a un homme absolument craquant qui parle à l'organisatrice, Mme Sullivan. J'ai hâte de passer trois minutes avec lui, tu peux me croire !

Lucy pivota sur son tabouret et scruta la foule.

— Où ça ? Je ne le vois pas.

— Mince ! Il était là il y a un instant. Enfin, souviens-toi que c'est moi qui l'ai vu la première.

— D'accord, je m'en souviendrai !

Mme Sullivan invitait à présent tout le monde à prendre place autour des tables.

Un homme s'installa en face de Lucy et le jeu des rendez-vous éclair commença. Elle fut étonnée de parvenir à se détendre après quelques rencontres, et à passer de bons moments. Il était amusant de discuter avec quelqu'un de nouveau toutes les trois minutes. On n'avait pas le temps d'éprouver de la gêne ou de l'ennui. Finalement, elle se surprit à rire souvent et à trouver que le temps passait vite.

Aucun cependant ne faisait battre son cœur plus fort, même si elle avait retenu un certain Mark Kirkland, plutôt intéressant et au physique agréable. Elle cocha donc son nom sur sa fiche.

— Alors, qu'est-ce qu'une belle femme comme vous fait dans un endroit comme celui-ci ? demanda une voix profonde.

— Ce n'est pas une réplique très originale…

Elle leva les yeux en souriant et rencontra le regard sombre de Rick Connors.

3.

— Mais que faites-vous ici ?

— Vous venez justement de me dire que c'était une question très banale.

— Oui mais… Sérieusement, que faites-vous ici ?

— En fait, je séjourne dans cet hôtel.

— Votre employeur vous paie une chambre au Cleary !

— Cela vous étonne ?

— Euh, oui. Cela doit coûter une fortune. Ils doivent être très généreux avec leurs employés chez EC Croisières.

— Ils essaient de bien s'en occuper.

— Eh bien, c'est une bonne nouvelle. Ils feront peut-être quelque chose pour la machine à café.

— C'est si terrible ?

— Avez-vous déjà goûté à cette horrible mixture ?

Rick sourit.

— Non, mais merci de m'avoir prévenu. Je mettrai cela sur ma liste des changements recommandés.

Elle eut envie de lui demander si c'était en cela que consistait son travail : recommander des changements. Mais elle se retint : ce n'était ni le moment ni l'endroit.

— Alors, vous êtes vraiment installé ici pour la semaine ?

Rick s'apprêta à lui dire la vérité, qu'il n'était pas un employé d'EC Croisières mais qu'il en était le propriétaire, et que l'hôtel

24

Cleary lui appartenait aussi. Mais en voyant la candeur de ses grands yeux verts, il se ravisa. Il aimait la façon dont Lucy se comportait avec lui. Elle ne faisait pas semblant de s'extasier à chacune de ses paroles. Son naturel était rafraîchissant dans ce monde où tous étaient impressionnés par la richesse et le pouvoir. En outre, il était à Londres pour inspecter de fond en comble la société qu'il venait d'acquérir, et il ne voulait pas que quelqu'un apprenne qui il était. Seul John Layton était au courant.

— En fait, cet hôtel appartient à EC Croisières. Ils m'ont trouvé un placard à balais pour la semaine.

— Tout s'explique ! Alors, vous aviez déjà pratiqué le *speed dating* ?

— Non, c'est la première fois. A vrai dire, je vous ai vue arriver et je vous ai suivie. J'étais curieux de savoir pourquoi vous aviez décliné mon invitation.

— Maintenant vous savez tout : j'avais rendez-vous avec une trentaine d'hommes !

— Vous participez souvent à ce genre de soirée ?

— Non, jamais. C'est une amie qui m'a entraînée ici.

— Et qu'en pensez-vous ?

Elle prit le temps de le regarder. Ce qu'elle pensait, c'est qu'il était extraordinairement beau. Son costume était d'une élégance rare et lui allait à merveille. Sa chemise blanche était entrouverte et révélait sa peau hâlée. Ses cheveux brillaient sous l'éclairage des lustres, et il avait les yeux les plus envoûtants qu'elle ait jamais vus.

Réalisant qu'il attendait sa réponse, elle chercha à rassembler ses esprits.

— J'ai trouvé ça très amusant.

— Je suis content de m'être trouvé là, murmura-t-il d'une voix rauque.

Lucy frissonna. Heureusement, il poursuivit d'un ton plus léger.

25

— Cela me permet de mieux connaître le personnel de Londres.

Elle était soulagée qu'il change de ton et qu'il fasse de l'humour.

— Eh bien, vous prenez votre devoir un peu trop à cœur !

— Mes heures supplémentaires sont très bien payées ! Mais dites-moi, avez-vous coché beaucoup de noms sur votre fiche ?

— Juste un. Et vous ?

— Juste un, répondit-il en plongeant ses yeux dans les siens.

Elle baissa les yeux et fit mine de se concentrer sur sa fiche.

— Mais je ne vois votre nom nulle part ?

— C'est parce qu'il n'y figure pas. Je suis arrivé trop tard. Mais ne vous en faites pas, Mme Sullivan m'a dit que ce n'était pas grave. Vous pouvez me rajouter au bas de la liste. Ou mieux encore, nous pourrions nous passer de ces formalités. Que diriez-vous d'aller boire un verre avec moi ?

Le ton sérieux de sa question la prit au dépourvu.

— Euh… quand, par exemple ?

— Maintenant. Après tout, il ne faut jamais remettre au lendemain ce que l'on peut faire le jour même Et je parie que vous mourez de soif après avoir autant parlé.

Lucy commençait à paniquer. Cet homme était trop attirant pour ne pas être dangereux. Elle préféra reculer.

— Merci pour la proposition, Rick, mais je ne pense pas que ce soit une bonne idée.

— Pourquoi pas ?

— Je vous l'ai déjà dit : j'ai pour principe de ne jamais sortir avec des collaborateurs.

— C'est très raisonnable. Mais je ne crois pas que je sois un collaborateur en bonne et due forme. Après tout, je ne reste en Angleterre qu'une semaine.

— Oui, mais nous travaillerons tout de même ensemble, alors…

— Raison de plus pour apprendre à nous connaître avant, l'interrompit-il en posant les coudes sur la table. Allons, je vous propose juste d'aller boire un verre, pas de vous jeter dans mon lit, continua-t-il, amusé.

Elle se mit à rougir jusqu'aux oreilles.

— Je suis désolé, je vous ai embarrassée ?

Le mot était faible pour décrire l'effet qu'il avait sur elle…

— Non, bien sûr que non ! J'étais loin de penser à me jeter dans un lit avec vous.

— C'est dommage, répondit-il d'une voix chaude.

Lucy regarda ailleurs et remarqua avec soulagement que la session de *speed dating* était terminée et que les participants s'étaient presque tous levés. Elle aperçut Mel qui parlait un peu à l'écart avec l'organisatrice.

— On dirait que la soirée se termine, dit-elle en repoussant son tabouret. J'ai prévu de partager un taxi avec mon amie pour rentrer, alors je vais devoir y aller.

Il se leva à son tour. Il était si grand qu'elle se sentit soudain toute petite face à lui.

— C'était un plaisir de bavarder avec vous, Rick.

Avant qu'elle ait le temps de lui tourner le dos et de s'éloigner, Mel surgit près d'eux.

— Bonsoir, dit-elle en adressant un sourire radieux à Rick.

Lucy sourit intérieurement en la voyant battre des cils et ramener ses longs cheveux en arrière.

— Je crois qu'il y a eu un problème d'organisation, poursuivit son amie, parce que nous ne nous sommes pas rencontrés. Je m'appelle Melanie Roberts.

— Bonsoir, répondit Rick en serrant la main qu'elle lui tendait. Je m'appelle Rick Connors. Lucy et moi nous sommes en fait déjà rencontrés au bureau.

— Ah ! Je travaille à la comptabilité, mais je ne vous ai pas encore croisé…

Mel lança un regard étonné à Lucy.

— Rick est arrivé aujourd'hui du nouveau siège social de la Barbade, expliqua cette dernière. Il est là pour évaluer notre organisation.

— Et je n'ai pas encore fait le tour de tous les départements, ajouta Rick.

— Ah, je vois.

Mel avait-elle besoin de le dévorer ainsi des yeux ? songea Lucy, soudain agacée. Avec de telles admiratrices, ce n'était pas étonnant que cet homme soit si sûr de lui !

— J'étais en train de proposer à Lucy d'aller boire un verre au bar, mais elle me disait que vous étiez pressées de rentrer.

Cette fois, Mel la regarda comme si elle la trouvait complètement folle.

— Nous ne sommes pas obligées de rentrer tout de suite.

Avant que Lucy puisse objecter quoi que ce soit, Rick reprit la parole.

— Dans ce cas, allons au bar !

— Bonne idée, acquiesça Mel avant de passer son bras sous celui de Rick.

— Pour combien de temps êtes-vous à Londres ?

— Juste pour une semaine.

Après avoir récupéré toutes les fiches, Mme Sullivan déclara à l'assemblée :

— Si vos choix correspondent, vous serez contactés par e-mail ou par téléphone.

Lucy, comprenant qu'elle n'avait pas le choix, suivit ses deux compagnons en direction du bar.

— J'adorerais aller à la Barbade, dit Mel. Toi aussi, pas vrai, Lucy ?

— Eh bien, je…

— Tu disais justement l'autre jour que tu avais besoin de soleil.

— Vous devriez choisir une des croisières que vous vendez si bien, dit Rick en s'adressant à Lucy.

— Je vais à Miami de temps en temps pour inspecter les nouveaux bateaux, répondit-elle en haussant les épaules, mais je n'ai pas vraiment le temps de lézarder au soleil !

Rick la regarda d'un air étonné.

— Comment pouvez-vous vendre quelque chose que vous n'avez jamais testé ?

— Je connais les informations nécessaires sur le bout des doigts. C'est tout ce dont j'ai besoin.

— Je vous accorde que vous connaissez très bien votre travail. C'était évident lors de votre présentation, cet après-midi.

La salle du bar s'était remplie, mais ils parvinrent à trouver des places dans une alcôve. Rick chercha des yeux une serveuse, mais comprit qu'il valait mieux aller commander au bar.

— Que puis-je vous offrir ? demanda-t-il aux deux jeunes femmes. Un cocktail ?

Elles optèrent toutes les deux pour des margaritas.

— Il est vraiment très beau, dit Mel en le regardant se frayer un passage jusqu'au comptoir.

— Oui, sans doute. Mais un peu arrogant. J'avais refusé son invitation d'aller boire un verre.

— Heureusement que je suis arrivée à temps ! Voyons, on ne dit pas non à un homme pareil.

— Il travaille avec nous, et tu sais que j'ai des principes.

— Il est grand temps que tu oublies tes principes. Mais si tu n'es pas intéressée… Après tout, je l'ai vu la première.

— Oh, c'est lui dont tu parlais tout à l'heure ?

— Evidemment. Combien d'hommes comme lui vois-tu ici ? Je me serais bien battue contre toi pour l'avoir, mais il semble n'avoir d'yeux que pour toi.

— Tu dis des bêtises. Il est ici pour le travail et il essaie de s'occuper, c'est tout.

— Peut-être, mais tu lui plais. Je sais détecter ce genre de choses. D'ailleurs, je vais trouver une excuse et m'éclipser dans quelques minutes.

— Tu n'as pas le droit de me faire ça !

— Il te plaît, n'est-ce pas ? dit Mel avec un grand sourire. Alors tant mieux. Il est temps que tu t'offres un peu de romantisme. C'est exactement ce qu'il te faut.

— Mel, tu ne vas pas partir…

Mais Lucy n'eut pas le temps de terminer car Rick revenait déjà avec leurs cocktails.

— Alors, à quoi buvons-nous ? demanda-t-il en s'asseyant en face de Lucy.

— Trinquons au *speed dating* ! proposa Mel.

— Au *speed dating*, fit-il en levant son verre.

Une serveuse s'arrêta devant leur table.

— Avez-vous besoin de quelque chose, monsieur Connors ?

— Non merci, tout va bien, répondit-il tranquillement.

La serveuse lui sourit et battit des cils.

— Bien, si vous avez besoin de quoi que ce soit, n'hésitez pas à m'appeler.

— Le personnel est très attentionné ici, murmura Mel. Elle se souvient même de votre nom !

— Oui, ils sont très bien formés. La touche personnelle est très importante, vous ne trouvez pas ?

Lucy ne put s'empêcher de penser que toutes les femmes devaient se souvenir de son nom. Quant à celles qui tombaient amoureuses de lui, elles allaient au-devant de grands problèmes… Elle aurait parié qu'il brisait tous les cœurs. Elle se demanda si une épouse ou petite amie l'attendait à la Barbade.

Leurs regards se croisèrent et il lui sourit.

C'était une question idiote. Il y avait sans aucun doute une femme qui l'attendait chez lui.

30

— C'est mon téléphone, dit soudain Mel en sortant son portable.

— Je n'ai rien entendu, déclara Lucy, l'air soupçonneux.

— Si, si. J'ai reçu un message. Oh mon Dieu, je vais devoir vous laisser. C'est ma mère. J'avais complètement oublié que j'avais promis de l'appeler en rentrant et elle attend mon coup de téléphone. Désolée. Rick, ravie d'avoir fait votre connaissance. On se recroisera peut-être avant votre départ ?

— Je l'espère, Mel. Moi aussi, j'ai été ravi de vous rencontrer.

— Et ne la laissez pas rentrer trop tôt, dit-elle en désignant Lucy. Contrairement à ce qu'elle pense, ses vêtements ne se transformeront pas en haillons quand l'horloge sonnera les douze coups de minuit.

— Très drôle, Mel, rétorqua sèchement Lucy.

Avec un sourire espiègle, son amie ramassa son sac et s'en alla.

— Enfin seuls, plaisanta Rick.

— J'ignore où elle est partie comme ça. Sa mère habite dans le sud de la France depuis l'année dernière.

Il éclata de rire.

— Peut-être s'est-elle souvenue tout à coup d'un rendez-vous galant ?

— Ou peut-être s'est-elle trompée à notre sujet et a-t-elle eu peur de nous gêner, ou une bêtise de ce genre.

Rick plissa les yeux et laissa son regard courir sur elle. Lucy était une femme très attirante. Et son attitude distante l'intriguait au plus haut point.

— Allons, comment aurait-elle pu croire une chose aussi ridicule ? ironisa-t-il.

— Dieu seul le sait, répondit-elle en s'adossant contre le dossier de sa chaise et en croisant ses longues jambes.

Le regard de Rick fut attiré par ce mouvement, et glissa le long des courbes sensuelles. Quand leurs yeux se croisèrent, la petite flamme qu'il aperçut dans ses yeux lui indiqua qu'il ne lui était pas indifférent.

Il lui sourit et vit ses joues rosir. Elle détourna le regard.

— Alors, quelles sont vos premières impressions sur notre bureau de Londres ? demanda-t-elle en buvant une gorgée de margarita.

Il nota avec quelle rapidité elle ramenait la conversation sur un terrain professionnel, comme pour ériger une barrière de protection entre eux. Il n'était pas habitué à ce genre de réaction chez une femme, et cela excitait son intérêt.

— Je pense que le bureau de Londres possède beaucoup de potentiel.

— Du potentiel ? Que voulez-vous dire ?

— Je veux dire qu'il y a des possibilités de développement.

— Est-ce une manière polie de dire qu'il y a besoin d'améliorations ?

Il rit.

— Peut-être. N'est-ce pas le cas pour tout ?

— Sans doute. Mais John Layton dirige la société d'une manière très efficace.

— Oui, c'est ce qu'on m'a dit. On m'a aussi dit que vous l'aviez beaucoup aidé, et que ce sont vos talents en marketing qui ont permis à Croisières Caraïbes de sortir du rouge l'année dernière.

— Je n'irais pas si loin. C'est aussi grâce à la situation économique, qui s'est améliorée. Et surtout, nous avons une très bonne équipe.

— Aussi modeste que talentueuse, remarqua Rick, la faisant encore rougir. Mais je sais combien votre travail a compté. J'ai lu de nombreux rapports sur la remontée des bénéfices, et votre nom a souvent été cité lors de mes discussions avec John.

— Comme je vous l'ai dit, je travaille avec une très bonne équipe.

Lucy plissa les yeux, soudain suspicieuse. Pourquoi appelait-il le directeur général par son prénom ?

— En quoi consiste exactement votre travail ? Comment se fait-il que vous ayez accès aux rapports financiers ? Vous êtes consultant en audit pour EC Croisières ?

— Oui, c'est presque ça. Disons que je cherche la façon de tirer le meilleur d'une entreprise et d'optimiser les bénéfices.

— Et cela passe-t-il par des licenciements ?

— Non, pas toujours. J'évalue tous les aspects de l'entreprise et j'en tire les conclusions nécessaires.

Lucy acquiesça. Il ne faisait qu'obéir aux consignes, il faisait juste son travail. Elle ne pouvait pas le lui reprocher.

— Alors vous êtes une sorte d'expert-comptable ?

— J'ai suivi une formation d'économiste, puis j'ai un peu bifurqué.

Elle était contente qu'il ne soit pas comptable comme son ex-mari. Elle se reprocha aussitôt cette pensée. Ce que Rick faisait dans la vie n'avait aucune importance pour elle.

— Et vous ? demanda-t-il. Avez-vous toujours travaillé dans le marketing ?

— Je suis chez Croisières Caraïbes depuis quatre ans. Avant, je travaillais pour Galaxino, une grande…

— Agence de publicité. Oui, j'en ai entendu parler.

Elle acquiesça.

— Je m'ennuyais un peu là-bas, j'en avais assez de passer mes journées à chercher de nouvelles façons de vendre du shampooing…

— Et vous êtes heureuse là où vous êtes ?

— Oui, pour l'instant.

Elle essaya de ne pas penser aux commentaires qu'elle devrait endurer quand tout le monde apprendrait que Kris allait être papa.

— J'attends de voir quels changements auront lieu quand le rachat de la société sera effectif, ajouta-t-elle un peu brusquement.

— Il y aura des réunions la semaine prochaine pour discuter de tout cela.

— Oui, j'ai cru comprendre que le grand patron allait venir. Vous le connaissez bien ?

— Je pense que oui.

— On a tous les nerfs à vif à propos de ce rachat, vous savez.

— C'est un moment difficile, dit-il d'une voix rassurante, mais il n'y a pas de quoi s'inquiéter.

Elle secoua la tête.

— On verra bien. Je suppose que vous avez participé à plusieurs rachats pour EC… Vous aimez votre travail ?

— Oui. Je voyage beaucoup, car nous avons aussi des bureaux à Miami et à New York.

— Et vous vivez à la Barbade ?

— Oui. Et vous ? Vous avez toujours vécu à Londres ?

— Non, j'ai grandi dans le Devon.

— Vous êtes une campagnarde, alors ? la taquina-t-il. Vous n'avez pourtant pas d'accent.

— Non… Je suis arrivée à Londres quand j'avais treize ans, répondit-elle en souriant. Vous n'avez pas d'accent non plus.

— J'ai beaucoup voyagé quand j'étais enfant. Mon père était irlandais et ma mère est née à Buenos Aires. Mon prénom est en fait Enrique, mais tout le monde m'a toujours appelé Rick.

Voilà d'où lui venait ce charme latin, songea-t-elle.

— Et vous parlez espagnol ?

Il lui répondit dans une langue chaude et sensuelle.

— Qu'est-ce que cela veut dire ? bredouilla-t-elle, troublée.

34

— Cela veut dire que je suis heureux d'être tombé sur vous ce soir, répondit-il avec un sourire désarmant. Voulez-vous boire autre chose ?

— Non, je crois qu'il vaut mieux que j'en reste là, répondit-elle à la hâte.

Il n'insista pas. Le bar commençait à se vider. Elle regarda sa montre et s'aperçut qu'il était presque 23 h 30.

— Je n'avais pas vu qu'il était si tard, dit-elle à regret. Il faut vraiment que j'y aille.

Une partie d'elle serait bien restée à parler avec lui toute la nuit. Elle aurait aimé en savoir plus sur lui. Elle aimait la chaleur de son regard, son humour… et la façon dont son propre corps réagissait quand il la regardait.

Une vague de chaleur l'envahit peu à peu. Cela faisait bien longtemps qu'un homme ne lui avait pas fait cet effet, et cela la déconcertait. Elle saisit son manteau.

— Vous avez vraiment peur que vos vêtements se transforment en haillons ?

— Non, mais mon moyen de transport pourrait bien disparaître, et ce serait pire. C'est parfois difficile de trouver un taxi avec ce temps.

Ils se sourirent et un frisson d'excitation la parcourut. Elle se détourna aussitôt et se leva.

— Je vous raccompagne, dit-il.

— Oh, vraiment, ce n'est pas la peine. Je vais attraper un taxi devant l'hôtel.

— Alors, je vous raccompagne jusqu'à votre taxi.

Lucy essaya de protester, mais il avait déjà pris son bras.

— Il pleut toujours, dit-elle en voyant les trombes d'eau à travers la porte vitrée. Ne sortez pas, Rick.

Mais il ne releva même pas et sortit dans le froid avec elle.

— Bonsoir, monsieur Connors, salua le portier.

— Comment connaît-il votre nom ?

— Nous avons discuté tout à l'heure, répondit-il en parcourant la rue des yeux.

Il y avait au moins une trentaine de personnes qui attendaient un taxi devant l'hôtel. Et aucun taxi en vue…

— Vous savez, il serait peut-être plus rapide d'appeler une voiture depuis la réception. Mais au fait, l'hôtel possède des limousines, nous pourrions en faire venir une.

— Vous plaisantez ? Ça coûterait une fortune !

— Vous croyez ? Je pourrais mettre ça sur ma note de frais, suggéra-t-il en souriant.

Elle éclata de rire.

— Oui, je suppose que vous pourriez le faire, si vous n'avez pas peur de perdre votre emploi !

De nouveau, Rick voulut lui dire la vérité. Mais il eut peur qu'elle ne soit plus la même avec lui après ça. Et il trouvait cette situation trop savoureuse pour y renoncer.

— Alors rentrons au moins pour téléphoner.

— Je ne suis pas en sucre, vous savez ! Oh, attendez, dit-elle soudain, je vais prendre ce bus, il passe tout près de chez moi.

— Un bus ! Mais attendez, Lucy, vous feriez mieux d'attendre un taxi à cette heure-ci.

— Non, ça ira, vraiment, dit-elle en remontant le col de son manteau. Merci pour le verre, Rick.

L'instant d'après, elle était partie, courant sous la pluie jusqu'à l'arrêt de bus.

Rick n'hésita qu'une seconde avant la suivre.

4.

Lucy attrapa le bus de justesse, et elle était un peu essoufflée quand elle y monta. Elle emprunta le petit escalier pour se rendre à l'étage, où elle se retrouva seule.

Elle s'assit et regarda le paysage sombre défiler sous la pluie battante en se remémorant la soirée qu'elle venait de passer. Une partie d'elle-même était soulagée d'avoir échappé à Rick, mais l'autre regrettait qu'il ne l'ait pas embrassée. Si elle était restée, que ce serait-il passé ? Peut-être était-ce l'effet de son imagination, mais elle avait ressenti une alchimie très forte entre eux.

Quelqu'un se glissa sur le siège à côté d'elle. Elle regarda autour, se demandant pourquoi cette personne s'asseyait si près d'elle alors que tous les autres sièges étaient vides. Et elle ne savait pas si elle se sentait heureuse ou non lorsqu'elle croisa le regard sombre de Rick.

— Mais que faites-vous ici ?

— C'est la deuxième fois que vous me posez cette question ce soir, répondit-il, amusé. Je ne pouvais pas vous laisser prendre le bus toute seule en pleine nuit. Il pourrait vous arriver n'importe quoi.

— Nous sommes à Londres, Rick, pas à Miami !

— Miami est une ville assez sûre aujourd'hui, protesta-t-il. Vous pouvez me trouver vieux jeu, mais je veux vous raccompagner jusqu'à votre porte.

Il y avait quelque chose de touchant dans la sincérité de son ton. Depuis que Kris était sorti de sa vie, elle s'était habituée à se débrouiller seule. Personne ne s'était inquiété de savoir si elle était bien rentrée chez elle depuis longtemps.

— C'est très gentil à vous… mais il ne fallait pas. Vous savez, je suis ceinture noire de karaté, je sais me défendre en cas de besoin.

— Vraiment ?

Rick remarqua la finesse de ses poignets quand elle écarta des mèches mouillées de son visage. Elle ne semblait pas capable de faire de mal à une mouche, encore moins à un agresseur potentiel.

— Oui. Vous ne me croyez pas ? demanda-t-elle en relevant le menton en signe de défi.

Sa frêle féminité contrastait avec la détermination qu'il lisait dans son regard et dans son maintien.

— Si, je vous crois.

— Bien. Je n'aurais pas aimé devoir vous jeter à terre pour vous prouver que j'ai raison, dit-elle en souriant.

Il fronça les sourcils.

— Oh, je ne sais pas…, murmura-t-il d'une voix chaude, j'aurais peut-être aimé me retrouver à vos pieds.

Lucy sentit son cœur s'accélérer.

— En tout cas, c'est très galant de votre part de me raccompagner. Je vous offrirai un café au bureau pour vous remercier.

— D'accord, je m'en souviendrai. Mais après ce que vous m'avez raconté sur les machines à café, j'espère que nous irons le boire ailleurs.

— Si nous avons le temps, répliqua-t-elle. Lundi sera sûrement une journée très chargée.

— Ne vous inquiétez pas, nous trouverons bien le temps de faire l'école buissonnière.

— Je croyais que vous étiez employé pour essayer d'améliorer le fonctionnement du bureau, pas le contraire !

— Un déjeuner peut être l'occasion d'apprendre à mieux connaître les gens et les problèmes qu'ils rencontrent au travail.

— Un déjeuner ! J'avais dit un café, protesta-t-elle en riant. Je tiens à ce que les accords passés soient respectés, vous savez. Je suis très rigoureuse. Vous pourrez le dire au nouveau patron.

— Je n'y manquerai pas, répondit-il d'une voix rauque. Vous possédez des qualités admirables, Lucy Blake.

Il plongea son regard dans le sien et elle remarqua que des paillettes dorées illuminaient ses prunelles sombres. Sa peau était mate, ses mâchoires carrées étaient ombrées d'une barbe naissante. Elle s'attarda sur la courbe sensuelle de ses lèvres. A ce moment-là, elle aurait donné n'importe quoi pour qu'il l'embrasse.

Se ressaisissant, elle tourna la tête vers la vitre.

— Je crois que nous approchons de mon arrêt, dit-elle d'une voix un peu tremblante. Oui, c'est bien là !

Rick se leva du siège et la précéda dans l'escalier. Il lui tendit la main pour l'aider à descendre du bus.

— Merci, dit-elle, retirant sa main après quelques instants.

La pluie s'était calmée, mais il bruinait toujours et il faisait froid. Lucy se blottit dans son manteau et jeta un regard à Rick.

— Comment comptez-vous retourner à l'hôtel ?

— J'y réfléchirai quand je vous aurai raccompagnée à votre porte. C'est dans quelle direction ?

Elle aurait voulu protester, mais après tout le chemin qu'il avait fait pour elle, comment aurait-elle pu le renvoyer de la sorte ?

— C'est juste au coin de la rue, dit-elle.

Ils se mirent en marche. La nuit était silencieuse, à part quelques voitures qui passaient sur la route mouillée. Quand ils parvinrent à l'élégante place sur laquelle donnait l'appartement de Lucy, la pluie se remit à tomber.

— Vous devriez peut-être repartir maintenant, s'écria Lucy.

— Comme vous le disiez tout à l'heure, je ne suis pas en sucre, répondit-il avant de saisir sa main. Venez, nous ferions mieux de nous dépêcher.

Après une seconde d'hésitation, elle se mit à courir avec lui et à sauter par-dessus les flaques. Ils arrivèrent hilares et hors d'haleine devant son immeuble.

— Joli quartier ! commenta-t-il en lâchant sa main.

— Oui, je l'aime bien. Venez, abritons-nous, dit-elle en montant les marches qui menaient à la porte d'entrée. C'était très gentil à vous de me raccompagner.

— Aucun problème, dit Rick en entrant à son tour dans le vestibule.

Leur proximité affola soudain le cœur de Lucy. C'était insensé, mais elle avait l'impression d'être une adolescente à son premier rendez-vous. Elle devait absolument se reprendre.

— On dirait que la pluie s'est calmée. Il y a une station de métro en allant par là, sur la gauche, dit-elle en faisant un geste de la main. Ce sera peut-être plus rapide que de trouver un taxi.

Tout d'un coup, Lucy réalisa qu'il n'avait pas de manteau et que son élégant costume était trempé.

— Vous voulez entrer pour vous sécher avant de repartir ?

Les mots étaient sortis de sa bouche avant même qu'elle puisse les retenir.

Il ne répondit pas immédiatement.

— Mais si vous ne voulez pas, il n'y a pas de problème, ajouta-t-elle aussitôt. Je suppose qu'il est tard.

40

— Pas si tard, répondit-il enfin en souriant. Je veux bien entrer, oui.

Nerveusement, elle sortit ses clés de son sac, consciente du regard de Rick quand elle passa devant lui. Ils montèrent en silence les deux étages.

En mettant la clé dans la serrure, elle se demanda si elle avait rangé son appartement avant de sortir. En se préparant pour la soirée, elle avait été à cent lieues d'imaginer qu'elle allait ramener un homme chez elle !

Elle fut soulagée en entrant de voir que tout était à peu près en ordre, à part les coussins jetés pêle-mêle sur le canapé et quelques magazines sur la petite table de verre.

— Désolée pour le désordre, dit-elle en enlevant son manteau.

— Je crois que vous êtes un peu perfectionniste, Lucy. C'est très bien.

Il parcourut la pièce, élégante et confortable avec son parquet en érable et ses grandes baies vitrées. La décoration était simple et de bon goût, égayée de quelques touches de couleur apportées par des tableaux aux murs.

Lucy entreprit d'allumer un feu dans la cheminée.

— Asseyez-vous. Je parie que le soleil de la Barbade vous manque.

— Vous avez raison, avoua-t-il en prenant place dans le canapé. J'avais oublié combien il pouvait faire froid à Londres. Ces tableaux sont très jolis, surtout cette marine.

— J'aimais bien peindre, mais je n'en ai plus vraiment le temps.

— Ils sont de vous ? s'étonna Rick.

— Quand j'étais plus jeune, je rêvais d'être une artiste. Mais mon conseiller d'orientation m'a informée qu'il était difficile de gagner sa vie en peignant. J'avais le choix entre mourir de faim dans une mansarde ou me trouver un vrai travail.

— Vous n'auriez pas dû l'écouter et suivre ce que votre cœur vous disait.

— Et je serais peut-être sans argent aujourd'hui.

— Ou peut-être riche et célèbre !

Elle vit la lueur d'amusement dans ses yeux et se mit à rire.

— Merci pour le compliment, mais je ne crois pas. Et vous, Rick ? Avez-vous des regrets cachés ? Auriez-vous aimé être biologiste au lieu d'étudier l'économie ?

— Honnêtement, l'idée ne m'a jamais traversé l'esprit. Et puis, je ne perds jamais de temps avec les regrets. J'essaie d'aller de l'avant et d'obtenir ce que je veux de la vie.

— Et vous l'obtenez toujours ?

— Presque, oui.

Leurs regards se rencontrèrent et Lucy frissonna. Il dégageait une telle force… Sans qu'elle pût l'expliquer, cela la rendait nerveuse.

— Vous avez de la chance, alors, ajouta-t-elle.

— J'ai aussi eu ma part de désillusions et d'échecs, dit-il en haussant les épaules.

C'était difficile à croire quand elle contemplait son corps puissant et l'éclat de ses yeux.

— Quel genre de désillusions ?

— Oh, rien de très original. Des relations qui n'ont pas marché…

— Une petite fille a réussi à vous briser le cœur à l'école ? demanda-t-elle d'un ton espiègle qui le fit rire.

— Eh bien, maintenant que vous en parlez, il y a bien eu cette Marion Woods… J'avais sept ans. C'était mon premier amour.

Lucy rit à son tour.

— Et que s'est-il passé ?

— Elle m'a quitté pour un garçon qui avait un an de plus que moi et dont les parents tenaient une confiserie. Maintenant que j'y pense, c'est probablement pour ça que je suis devenu le célibataire endurci que vous avez devant vous.

— Vous qui disiez ne pas avoir de regrets ! dit-elle en riant. C'est une histoire très triste.

— Tragique !

— Et vous êtes vraiment un célibataire endurci ? ne put-elle s'empêcher de demander.

Rick inclina la tête, et ses yeux prirent une expression plus sérieuse.

— Eh bien, j'ai trente-huit ans et je n'ai jamais été marié. Et vous, Lucy ? Quelqu'un vous a déjà brisé le cœur ?

L'atmosphère avait changé, elle le sentait. Elle se demanda comment ils avaient pu arriver sur un terrain aussi intime.

Rick se redressa. Il lisait dans les yeux de la jeune femme le combat intérieur qu'elle menait pour dominer ses émotions, et il comprit que oui, elle avait souffert. Elle baissa les yeux.

— Il y a bien eu Steve Donnel, quand j'avais huit ans.

— On peut dire que l'enfance a de lourdes conséquences.

— On en garde des cicatrices à vie.

— Alors, êtes-vous aussi une célibataire endurcie ? demanda-t-il d'un ton léger.

— Maintenant oui. Mais il a d'abord fallu que je me marie pour découvrir à quel point le mariage ne me convenait pas.

— Vous êtes divorcée ?

— Oui. Mariée pendant trois ans, divorcée depuis un an.

Lucy toussa nerveusement. Elle se demandait pourquoi elle lui racontait tout ça, mais il lui semblait si facile de se confier à lui !

— Enfin, dit-elle en s'éloignant de la cheminée, vous devriez vous mettre devant le feu pour essayer de vous sécher un peu. Je vais faire du café.

Elle se précipita dans la cuisine. C'était un collègue, se sermonna-t-elle. Et elle n'avait pas besoin de complications dans son travail.

Elle aperçut son reflet dans le miroir près de la porte et eut un mouvement de recul. Ses cheveux mouillés étaient plaqués sur sa tête et son visage était très pâle.

— Je vais me sécher les cheveux, je n'en ai pas pour long-temps, annonça-t-elle en se dirigeant vers sa chambre.

Elle ne s'absenta que quelques minutes, mais quand elle revint, elle trouva Rick en train de préparer le café. C'était étrange de le voir là, dans cette pièce qui lui était si familière… Il avait ôté sa veste, et sa chemise blanche soulignait la largeur de ses épaules et la noirceur de ses cheveux. Il se retourna et vit qu'elle l'observait depuis le seuil de la cuisine.

— J'ai fait comme chez moi, j'espère que cela ne vous dérange pas ?

Elle secoua la tête, mais elle ne put s'empêcher de se souvenir que Kris se tenait au même endroit quand il lui avait annoncé qu'il la quittait.

— Vous prenez du lait et du sucre ? demanda-t-il en se tour-nant de nouveau vers elle. Est-ce que tout va bien ?

— Oui, oui, répondit-elle en souriant, décidée à ne plus penser à son ex-mari, qui l'avait tant fait souffrir.

Rick prit les tasses et s'avança vers elle.

— Pendant un instant, vous avez eu l'air triste.

— Ah oui ? Pourtant, je ne me sens pas triste.

— Vous êtes sûre ? insista-t-il en prenant son menton pour l'obliger à le regarder dans les yeux.

Le contact de sa main sur son visage déclencha une montée d'adrénaline dans ses veines.

— Absolument, souffla-t-elle.

C'était vrai. En cet instant, elle ne se sentait pas du tout déprimée. Au contraire, elle ressentait une excitation et un désir croissants. Elle n'avait envie que d'une chose : qu'il l'embrasse, tellement qu'elle s'approcha plus près de lui.

— Rick, implora-t-elle.

Il écarta les mèches de cheveux et posa ses lèvres sur les siennes. Un feu brûlant s'alluma en elle. Jamais elle n'avait été embrassée de cette manière, jamais elle n'avait connu une telle explosion de passion. Elle se blottit contre lui et enroula ses bras autour de son cou pour mieux s'abandonner. Elle sentit ses mains se poser sur sa taille et ce simple contact l'électrisa encore davantage.

— Quel baiser ! souffla Rick.

— Oui, c'était… un peu irréel, murmura-t-elle.

— Vous croyez que nous devrions recommencer ? dit-il d'un ton presque taquin, sans quitter sa bouche des yeux. Juste pour vérifier que ce n'était pas un effet de notre imagination ?

— Je crois que ce serait une très bonne idée, répondit-elle.

Leur baiser fut d'abord lent et plein de douceur. Le plaisir inondait tout le corps de Lucy… Quand elle crut exploser de désir, il se fit plus impérieux, plus exigeant.

Elle était consciente que c'était lui qui contrôlait la situation. Mais elle s'en moquait : plus rien n'avait d'importance que le désir qui avait pris possession d'elle.

Elle serra les bras autour de son cou. Les mains de Rick se mirent à explorer son corps de façon plus intime et plus pressante à la fois, remontant jusqu'à ses seins. Tout son corps réclamait qu'il la déshabille et qu'il apaise le désir qu'elle avait de lui.

Soudain, Rick s'arrêta et se recula un peu. Elle le regardait, essoufflée et étonnée.

— Je crois que nous avons démontré une chose, dit-il d'une voix enrouée par l'émotion. Ce n'était pas un effet de notre imagination. Il existe bien une alchimie incroyable entre nous. A tel point que je crois que nous devrions nous arrêter maintenant, parce que si nous continuons, je vais vouloir te faire l'amour dans cette cuisine.

— Tu as raison…, commença-t-elle, semblant vouloir rassembler ses esprits.

Rick sentait tout son corps brûler d'un feu dévorant. Il la contempla, remarquant son regard voilé et sa bouche entrouverte aux lèvres gonflées.

— Crois-moi. Si je t'embrasse encore, je vais avoir envie de te prendre, ici et maintenant, dit-il d'une voix qui trahissait son désir.

— Et ce ne serait pas bien, dit-elle d'une voix tremblante.

— Ça dépend comment on voit les choses. Nous sommes tous les deux célibataires…

— Oui, mais ce ne serait pas bien.

Lucy prit une profonde inspiration.

— Après tout, pourquoi faire l'amour ici alors qu'il y a un grand lit confortable dans la chambre à côté ?

Elle n'arrivait pas à croire qu'elle avait pu dire ça. C'était le genre de chose que Mel pouvait dire, mais pas elle !

— En effet, murmura-t-il en caressant doucement son visage.

Alors, elle oublia tout. Elle avait envie de lui, et c'était la seule chose qui comptait.

5.

En entrant dans la chambre, Lucy regretta d'avoir laissé sa lampe de chevet allumée lorsqu'elle avait séché ses cheveux. Elle se serait sentie plus à l'aise dans l'obscurité.

Rick l'attira dans ses bras et le message qu'elle lut dans ses yeux était très clair.

— Alors, où en étions-nous ?

— Ici, je crois, répondit-elle en déposant un baiser sur ses lèvres.

Ils restèrent immobiles, enlacés, puis elle sentit ses mains sur la fermeture de sa jupe.

— Je vais peut-être éteindre la lumière, suggéra-t-elle en s'écartant, tendant une main nerveuse vers sa lampe.

— Non, laisse-la, dit-il en l'attirant à lui pour déposer une pluie de baisers dans son cou. Je veux te voir. Je veux explorer chaque centimètre carré de ton corps.

Son cœur battit plus vite. Elle regretta de ne pas avoir éteint la lumière sans rien lui demander. Il était manifestement très expérimenté, alors qu'elle n'avait eu qu'un petit ami à l'université avant de rencontrer l'homme qu'elle avait épousé.

Rick s'immobilisa en la sentant se raidir dans ses bras.

— Ça va ?

— Oui…

Il lui releva le menton pour plonger son regard dans le sien et nota une ombre dans ses beaux yeux verts.

— Nous ne sommes pas obligés d'aller plus loin si tu as changé d'avis, dit-il d'une voix si douce et si tendre qu'elle sentit monter en elle une nouvelle vague de désir.

— Je n'ai pas changé d'avis, murmura-t-elle. Mais... as-tu quelque chose... pour te protéger ?

— Oui. C'est ça qui t'inquiétait ? demanda-t-il en caressant ses cheveux.

Lucy hésita une seconde. Elle ne voulait pas lui dire à quoi elle pensait, pour ne pas gâcher ce moment en évoquant Kris. Elle se contenta donc d'acquiescer.

Il se mit à l'embrasser, dans le creux du cou, sur les tempes, puis sur les lèvres. Pendant ce temps, ses mains se glissèrent sous son pull et décrochèrent son soutien-gorge avec une rapidité experte.

A ce moment-là, elle oublia tout.

Il parcourait les courbes de son corps et elle ferma les yeux pour mieux s'abandonner à ses caresses. Il lui ôta son pull, laissant ses cheveux décoiffés retomber sur ses épaules nues. Elle lui enleva sa chemise pendant qu'il dégrafait sa jupe, qui glissa au sol. Elle se retrouva debout devant lui, vêtue seulement de sa petite culotte et de ses bas bordés de dentelle.

— Tu es si belle, Lucy, murmura-t-il en dessinant le contour de ses seins du bout des doigts.

Puis il la souleva dans ses bras et la déposa sur le lit. Il ôta ses chaussures d'un mouvement avant de la rejoindre.

Il avait un corps magnifique, et elle se réjouit finalement que la lumière soit restée allumée pour qu'elle puisse admirer ses larges épaules, son ventre musclé et ses hanches étroites. Son excitation monta d'un cran quand il défit la boucle de sa ceinture pour enlever son pantalon.

— Vite..., souffla-t-elle.

Il rit, l'embrassa langoureusement et lui chuchota quelque chose en espagnol.

— Qu'est que cela veut dire ?

— Ça veut dire patience, ma belle. Patience…

Il caressa ses seins nus, en taquina les tétons durcis, jusqu'à ce qu'elle éprouve un désir insupportable. Il pencha alors la tête et la chaleur de sa bouche remplaça ses mains. Son corps se cambra sous le plaisir. Elle fit courir ses mains dans ses cheveux épais et doux, puis le long de son dos, l'attirant à elle. Elle avait l'impression qu'il ne serait jamais assez près d'elle.

Il était tôt le lendemain matin quand Lucy se réveilla, blottie dans les bras de Rick. Elle se sentait emplie de bien-être. Elle connaissait à peine cet homme, mais elle se sentait étrangement protégée de tout dans ses bras.

Ce n'était bien sûr qu'une illusion, se dit-elle aussitôt, mais c'était une merveilleuse illusion, aussi resta-t-elle immobile pour profiter de cet instant. Les souvenirs de la nuit passée resurgirent.

Rick était un amant fabuleux qui l'avait menée à des sommets de plaisir, qu'elle n'avait jamais connus auparavant.

Elle se rappela les conseils que Mel lui avait donnés la veille… On pouvait dire qu'elle les avait suivis à la lettre !

Elle se tourna et observa Rick. Certaines personnes pouvaient paraître vulnérable quand elles dormaient, mais lui dégageait une impression de force. Elle étudia son visage si beau, se remémorant la douceur brûlante de ses lèvres sur sa peau… Jamais Kris n'avait provoqué en elle une telle avalanche de sensations.

La nuit avait été merveilleuse, mais il ne fallait pas qu'elle y voie quelque chose de plus. Comme disait Mel, il fallait qu'elle commence à vivre avec son temps ! Si cela avait été si intense, c'était sans doute parce qu'elle n'avait pas fait l'amour depuis longtemps. Cette pensée la rassura, et elle se détendit.

Rick ouvrit soudain les yeux et elle lui sourit.

— Bonjour ! Je me demandais si tu allais te réveiller un jour !

— Le problème, vois-tu, dit-il d'une voix ensommeillée, c'est qu'une charmante jeune femme m'a tenu éveillé une bonne partie de la nuit.

— Vraiment ? demanda-t-elle en se blottissant tout contre lui. Elle exagère !

Il se pencha vers elle et embrassa le lobe de son oreille, réveillant en elle une vague de sensations délicieuses. Puis il la recouvrit de tout son corps.

— Cette nuit était fabuleuse, dit-il en plongeant son regard dans le sien.

— Oui, fabuleuse…

Il l'embrassa avec douceur puis avec passion. Ils firent de nouveau l'amour, mais cela n'avait rien à voir avec la nuit dernière. Ce n'était plus l'urgence presque sauvage qui s'était emparée d'eux. C'était différent. Leurs gestes étaient tendres et posés, et d'une certaine façon, beaucoup plus intimes. Lorsqu'il entra en elle, elle sentit qu'il s'emparait de tous ses sens, qu'il la possédait tout entière.

Lucy resta ensuite dans ses bras, comblée, éprouvant un sentiment d'émerveillement. L'absence de sexe ne suffisait donc pas à expliquer ce qui s'était passé. Elle sentait qu'elle s'habituerait volontiers à avoir Rick dans son lit… et dans sa vie.

Cette pensée fut immédiatement accompagnée d'une impression de malaise. Elle s'écarta de lui.

— Où vas-tu ? s'enquit-il.

— Je vais nous faire du thé, répondit-elle en prenant son peignoir de soie sur une chaise pour l'enfiler en hâte, consciente du regard de Rick sur son corps nu.

— En fait, je préfère le café, le matin, précisa-t-il.

— Ah oui ?

Elle se rendit compte qu'elle ne savait rien de l'homme avec qui elle avait partagé une telle intimité physique.

— Noir et sans sucre.

— D'accord !

Elle fut soulagée de s'éloigner de lui. Elle n'arrivait pas à réfléchir en sa présence. Il était trop beau, trop sensuel.

Leurs tasses de café de la veille trônaient toujours sur le plan de travail de la cuisine. Elle repensa à la façon dont elle l'avait invité dans sa chambre, et rougit jusqu'aux oreilles.

Ce n'était que du sexe, se répéta-t-elle. Rien d'autre. Certes, elle avait enfreint son principe de ne pas mélanger travail et vie privée, mais Rick allait repartir à la fin de la semaine. Il était un étranger, et elle voulait qu'il le reste.

Se sentant plus sûre d'elle, elle se concentra sur la préparation du café.

La porte s'ouvrit derrière elle et Rick apparut, vêtu d'une simple serviette de toilette autour de la taille, les cheveux et le torse encore humides.

— Alors, où en est ce café ?

— Euh… c'est prêt.

Les battements de son cœur semblaient résonner dans ses oreilles. Cette situation lui semblait irréelle. Que faisait cet Apollon à moitié nu dans sa cuisine ?

Il s'avança et elle saisit en hâte une tasse pour la lui tendre.

— Merci, c'est exactement ce qu'il me fallait après cette nuit éreintante.

Elle rougit et il éclata de rire.

— Je te taquine, Lucy.

— Je sais.

51

Il posa sa tasse et la prit dans ses bras avant qu'elle ait le temps de réagir.

— Nous pouvons nous épuiser encore, si tu veux…

Il la serra plus fort et elle put de nouveau se rendre compte de la force de son désir. Malgré ses bonnes résolutions, elle se sentit faiblir. Elle déglutit avec peine, affolée de réaliser qu'elle le désirait encore avec autant de force.

Il se pencha pour l'embrasser avec passion. Le pouls de Lucy s'accéléra et elle oublia tout ce qui les entourait.

Il défit la ceinture de son peignoir de soie et fit courir ses mains sur son corps brûlant de désir. Quelques minutes plus tard, il la soulevait dans ses bras pour la ramener dans la chambre.

Bien plus tard, Lucy, allongée dans les bras de Rick, se demanda comment leurs étreintes pouvaient être chaque fois plus délicieuses.

Son téléphone portable vibra et elle tendit une main paresseuse pour l'attraper.

— Tiens, j'ai un message, dit-elle en pianotant sur les touches. Ça vient de l'agence.

Elle remonta le drap sur sa poitrine. C'était insensé : son corps n'avait plus aucun secret pour Rick, et pourtant, elle ressentait une certaine pudeur devant lui.

— Quelle agence ?

— L'agence de *speed dating*. Apparemment, j'ai un partenaire potentiel.

— Oui, tu es au lit avec lui.

— Non… Ce partenaire potentiel s'appelle Mark Kirkland, dit-elle en lisant le message. Ils m'envoient son numéro de téléphone.

— Alors il faudra que tu dises à ce Mark que c'est trop tard. En fait, dit-il en lui prenant le portable de la main, tu es même trop occupée pour l'appeler.

— Hé ! Rends-moi mon téléphone ! s'exclama-t-elle en riant.

— Non, tu es injoignable pour toute la matinée.

— Ah oui ? Comment sais-tu si je n'ai pas un million de choses de prévues ce matin ?

— Est-ce le cas ?

— Eh bien, répondit-elle en rougissant, j'ai un peu de ménage à faire, et j'ai rapporté des dossiers que je dois parcourir…

— Lucy ! Le ménage et les dossiers devront attendre, parce que je vais te faire l'amour à en mourir !

Il l'attira à lui pour prendre possession de sa bouche. Le téléphone tomba sur le sol où elle l'oublia bien vite.

— Tu sais que ce n'est que du sexe, n'est-ce pas ? murmura-t-elle quand il s'écarta d'elle.

Rick fronça les sourcils.

— Eh bien, nous ne sommes pas en train de jouer aux cartes, si c'est ce que tu veux dire. De quoi parles-tu, Lucy ?

— Je… Désolée, je ne sais pas pourquoi j'ai dit ça. C'est juste que cela faisait longtemps que je n'avais pas fait ça… Je veux dire, coucher avec un homme.

— Je vois, reprit-il en l'observant avec attention. Depuis combien de temps ?

— Je ne sais pas, mentit-elle en détournant le regard.

— Oh si, tu le sais. Tu le sais très précisément.

Elle essaya de s'éloigner de lui, mais il ne la laissa pas s'échapper.

— Vois-tu, le problème, c'est que j'ai pour principe de ne pas mélanger travail et vie privée.

— Oui, tu me l'as déjà dit, fit-il observer d'une voix amusée. On dirait bien que tu as enfreint la règle…

— Mais ça ne compte pas vraiment, puisque tu pars à la fin de la semaine…

— Probablement.

— Comment ça, probablement ?

— Tout dépend du temps qu'il me faudra pour tout évaluer. Qu'est-ce qui te fait si peur, Lucy ?

— Je n'ai peur de rien !

Mais la vérité, c'est qu'elle était terrifiée par ce qu'elle ressentait. Elle refusait de s'attacher à lui. Elle avait besoin de savoir qu'il allait disparaître, et que ce n'était qu'une aventure sans lendemain.

— Je ne veux pas que ce qui s'est passé compromette nos relations de travail, c'est tout.

— Tu es trop consciencieuse !

Elle ignora son ton sarcastique.

— Et je ne veux pas que nous nous sentions mal à l'aise lundi matin.

— Je te promets que ce ne sera pas mon cas, dit-il en mettant une main sur son cœur.

— Oui, c'est sûr, fit-elle en souriant, tu n'es pas du genre à te sentir embarrassé par ce genre de choses. J'aurais dû le deviner.

— Oui, tu aurais dû, dit-il en l'attirant de nouveau contre lui.

— Alors, nous savons où sont nos limites, n'est-ce pas ? parvint-elle à dire, sentant sa résistance faiblir sous la chaleur de son regard.

— Quelles limites ?

— Pour commencer, nous oublierons tout ça une fois au bureau.

— Je n'en suis pas sûr. J'ai très envie de te faire l'amour sur la photocopieuse.

Elle rougit jusqu'aux oreilles.

54

— Détends-toi, dit-il en caressant sa joue. Avec moi, le travail passe toujours avant tout.

— Bien, nous avons au moins ça en commun.

— Tu sais, tu es la première femme que je rencontre qui se réjouisse que le travail soit ma priorité.

— Tant mieux, j'aime être différente.

— Tu *es* différente, répondit-il.

Et il l'embrassa avec une douceur qui se transforma vite en passion.

— Je vais te faire l'amour, souffla-t-il, et cela n'aura rien à voir avec nos rapports professionnels.

— Tu as raison, murmura-t-elle. Mais ne va rien imaginer sous prétexte que je te laisse rester dans mon lit un peu plus longtemps ! Comme je le disais, ce n'est que du sexe.

— Oui, Lucy, ce n'est que du sexe. C'est vraiment la première fois que je dois rassurer une femme à ce sujet !

Lucy ferma les yeux et s'abandonna à ses caresses. Quelques heures de plus dans ses bras ne changeraient rien, après tout. Puisqu'il partait à la fin de la semaine.

6.

Lucy se rendit au bureau de bonne heure le lundi matin. Elle avait mal dormi, ayant passé la nuit à se retourner dans son lit en se demandant comment elle allait se comporter face à Rick.

Il était 8 h 15 et elle mettait à jour son agenda en essayant de paraître calme. Mais en réalité, elle était au comble de la nervosité.

— Bonjour Lucy ! fit Carolyn en arrivant. Comment s'est passé ton week-end ?

— Bien, et le tien ?

— C'était super ! Carl a fait ses premiers pas !

— Oh, je suis vraiment contente pour toi ! Quelle chance que ce soit arrivé quand tu étais là !

— Oui, Nous avons même pris une photo ! Et ta soirée de *speed dating* ?

— C'était pas mal. Plutôt amusant.

— As-tu fait une rencontre sérieuse ?

— Pas vraiment, murmura-t-elle, sentant la panique la gagner.

Ce n'était pas un mensonge, puisque Rick ne représentait rien de sérieux, ce n'était qu'une nuit de… Non, elle ne devait pas y repenser.

Elle aurait tant aimé avoir une vie simple comme celle de Carolyn. Elle avait cru, en épousant Kris, qu'elle aurait une belle maison, deux enfants adorables et qu'elle passerait tous ses week-ends en famille… Mais elle n'avait pas épousé l'homme qu'il fallait !

— Alors personne n'a réussi à faire battre ton cœur ?

— Tu es une incorrigible romantique, Carolyn, protesta-t-elle en riant.

— Toi aussi tu l'étais, avant, rétorqua celle-ci.

— Peut-être, mais cette époque me paraît bien lointaine.

Depuis son divorce, elle était devenue quelqu'un d'autre. Elle pensa à Rick. Lorsqu'il l'avait embrassée pour lui dire au revoir, elle avait décidé que c'était terminé. Mais elle priait pour que cela ne change rien à leurs rapports professionnels, car le grand patron arrivait bientôt et elle devait rester concentrée. Elle avait trop besoin de son travail pour le perdre.

Essayant d'ignorer ses craintes, elle pressa le bouton de son répondeur pour écouter ses messages.

— Bonjour, Lucy, fit une voix grave. Ici Mark Kirkland. Nous nous sommes rencontrés vendredi soir, vous vous souvenez ? J'espère que vous ne m'en voudrez pas de vous appeler à ce numéro, mais je n'ai pas réussi à vous joindre sur votre portable. Je me demandais si vous aimeriez dîner avec moi, ce soir ou demain. Vous pouvez m'appeler au…

— Donc, tu as rencontré quelqu'un, petite cachottière ! intervint Carolyn. Je vais être obligée d'aller voir Mel pour obtenir tous les détails croustillants…

— Mais il ne s'est rien passé du tout ! se défendit Lucy, consternée.

Mais Carolyn ne l'écoutait déjà plus et se rendait dans son propre bureau.

Cramoisie, Lucy arrêta le répondeur. Ce message ne pouvait pas plus mal tomber. Pourvu que Mel ne parle pas de Rick si on l'interrogeait !

Elle décida d'appeler tout de suite Mark Kirkland et de lui laisser un message pour lui expliquer qu'elle ne pouvait finalement pas le voir, et qu'elle en était désolée. Cela faisait déjà une complication en moins dans sa vie, se dit-elle en raccrochant.

Le reste du personnel commença à arriver et Lucy eut bientôt l'esprit accaparé par son travail. Elle aida une employée à résoudre un problème avec un logiciel, et reprit peu à peu confiance en elle. Elle se sentit soudain capable de régler n'importe quel problème, y compris de faire face à Rick Connors !

Mais quand elle le vit arriver, un peu plus tard, elle perdit tout à coup son aplomb.

— Bonjour, Lucy, dit-il en souriant.

— Bonjour, monsieur Connors.

Il portait un costume sombre dans lequel il était extraordinairement beau.

A quoi pensait-il ? Etait-il amusé qu'elle l'appelle de nouveau monsieur Connors ? Se souvenait-il avec quelle facilité il était entré dans son lit ? Se rappelait-il leurs moments de passion ?

Il lui sourit, laissant courir sur elle un regard appréciateur.

— Avez-vous passé un bon week-end ?

Il semblait tellement à son aise dans ce petit jeu qu'elle se demanda s'il avait l'habitude de ce genre de situation.

— Oui, merci.

— Vous avez un problème informatique ? demanda-t-il en se rapprochant.

— Rien qui ne puisse être résolu.

— Je n'en doute pas. Vous semblez très compétente dans tous les domaines.

Qu'était-elle censée comprendre ? Plusieurs employées jetaient furtivement des regards admiratifs en direction de Rick.

— En quoi puis-je vous être utile ce matin, monsieur Connors ? demanda-t-elle de son ton le plus professionnel.

— Eh bien, mademoiselle Blake, j'aimerais que vous me fassiez faire le tour de votre département et que vous me présentiez votre équipe.

Elle décela une lueur d'amusement dans ses yeux. Pour lui, n'était-ce qu'une vaste plaisanterie ? se demanda-t-elle.

— Bien sûr, répondit-elle sans le regarder.

Elle commença donc par lui présenter Linda Fellows, qui tomba presque en pâmoison quand il lui adressa la parole.

Au fur et à mesure que toutes les femmes de son département tombaient sous son charme, Lucy se félicitait de s'être reprise à temps, et d'avoir décidé de ne pas devenir une admiratrice de plus du beau Rick Connors.

Quand celui-ci eut fait la connaissance de tout le monde, il s'intéressa aux systèmes de classement et aux logiciels utilisés.

— Peut-être pourriez-vous me montrer comment cela fonctionne, suggéra-t-il en désignant un des écrans.

— Certainement.

Elle dut se rapprocher de lui pour taper sur le clavier et perçut l'odeur musquée de son eau de toilette, qui réveilla en elle des souvenirs sensuels. Elle essaya de s'éloigner pour fuir le danger, mais c'était impossible devant un si petit écran.

Quand elle saisit la souris, sa main effleura la sienne et elle crut recevoir une décharge électrique. Elle s'écarta vivement.

— Est-ce le système que vous utilisez d'ordinaire ? demanda-t-il nonchalamment en se penchant un peu plus pour mieux voir l'écran, son épaule touchant celle de Lucy.

Il ne semblait même pas se rendre compte de l'effet qu'il produisait sur elle !

— Oui, c'est cela, répondit-elle en s'écartant brusquement. Si vous voulez bien m'excuser, je viens de me souvenir que j'ai un coup de téléphone urgent à passer. Linda vous montrera les autres logiciels.

Sa collègue s'approcha, ravie de la remplacer.

Lucy retourna à son bureau avec un soupir de soulagement. Elle se mit à feuilleter son agenda, essayant de recouvrer une respiration normale. Elle jeta un coup d'œil à Rick, qui ne semblait pas le moins du monde contrarié qu'elle l'ait abandonné à Linda. Celle-ci s'agitait autour de lui pour lui fournir mille explications.

Lucy composa le numéro de Mel.

— C'est moi, Mel, murmura-t-elle en faisant tourner sa chaise pour ne plus voir la cause de sa nervosité. J'ai fait une très grosse bêtise vendredi soir.

— Ce n'était pas une bêtise, il était superbe.

— Oui, mais maintenant, il est dans mon département pour évaluer la qualité de notre organisation. Je panique !

Son amie éclata de rire.

— Je parie qu'il est génial au lit.

— Mel, je t'en prie ! Je me sens assez mal comme ça.

— Peut-être que tu as juste besoin de recommencer ?

— Sûrement pas ! Ecoute, si Carolyn te pose des questions sur vendredi soir, je t'en supplie, ne lui dis rien.

— Ne t'inquiète pas. Je sais à quel point tu tiens à préserver ta vie privée. Je ne dirai rien.

Lucy s'en voulut soudain d'avoir douté de son amie.

Du coin de l'œil, elle vit Rick se diriger vers elle.

— Donc, je veux que la publicité soit publiée à partir de demain jusqu'à mardi prochain, dit-elle en changeant de ton.

— Tu as de la compagnie ? devina Mel.

— Oui, c'est exact.

— Tout va bien, Lucy ? demanda Rick en s'asseyant sur le coin de son bureau.

— Je n'en ai pas pour longtemps, monsieur Connors. Il faut juste que je m'occupe de quelques publicités.

— Bien, répondit-il sans montrer aucune intention de s'en aller.

60

— Vous avez bien compris, madame Barry ? improvisa-t-elle. Nous voulons que la publicité paraisse pendant sept jours.

Mel riait à l'autre bout du fil.

— On va boire un verre après le travail ?

— Oui, je pense que le budget pourra couvrir ces frais.

— Entendu, alors au même endroit que d'habitude, à 17 h 30, répondit son amie avant de raccrocher.

— Je crois que nous avons besoin de parler, Lucy, dit Rick quand elle se tourna vers lui.

Son cœur fit un bond dans sa poitrine.

— Ah oui ? Et de quoi ?

— De votre budget publicitaire pour le mois prochain et des itinéraires que vous promouvez en ce moment.

— Oh, je vois. Oui, bien sûr.

— Bien, dit-il en plongeant son regard dans le sien. Nous en parlerons pendant le déjeuner. Disons 13 h 30 ?

Elle ne savait plus que penser.

— S'agit-il d'un déjeuner d'affaire ?

— Absolument.

— Alors, c'est d'accord.

Lucy tourna les yeux et vit arriver son ex-mari.

— Bonjour Kris, dit-elle.

Mon Dieu, dire qu'elle était presque soulagée de le voir ! Elle s'était vraiment mise dans une situation impossible.

— Salut, répondit Kris distraitement. J'ai préparé les dossiers que vous m'avez demandés, monsieur Connors. Ils vous attendent à la comptabilité.

— Très bien, répondit Rick en se levant du bureau.

— Si vous souhaitez une ventilation plus détaillée pour chaque itinéraire et pour l'analyse des coûts, je serais heureux de parcourir ces chiffres avec vous.

— Merci, Kris, mais je n'ai pas le temps maintenant, répondit-il en regardant sa montre. J'ai une réunion. Nous verrons ça cet après-midi.

Avant de quitter le bureau, il sourit à Lucy.

— A plus tard, dit-il simplement.

Elle lui sourit à son tour, puis se plongea dans ses dossiers. Aucun homme ne devrait avoir le droit d'avoir un sourire pareil, se dit-elle.

Levant les yeux, elle vit que Kris s'attardait.

— Il y avait autre chose ? demanda-t-elle en espérant qu'il allait la laisser tranquille.

— Euh, oui. Je me demandais si tu avais un instant pour parler.

— Je suis assez occupée, Kris, murmura-t-elle.

Elle était mal à l'aise de le voir assis à l'endroit exact où était Rick quelques instants plus tôt.

— Si tu es occupée, ça peut attendre.

— D'accord, alors à plus tard !

Il semblait hésiter. Elle ne comprenait pas ce qui lui prenait. Depuis leur divorce, ils s'évitaient soigneusement, et se contentaient d'échanger quelques politesses quand il le fallait. Peut-être voulait-il lui parler du bébé ? A cette pensée, elle se raidit et se redressa sur sa chaise.

— Tu as l'air d'aller bien en ce moment, Lucy. Tu es radieuse.

— Merci, répondit-elle sèchement.

— Je suis content que nous soyons encore amis, tu sais.

— Vraiment ?

— Oui, bien sûr. J'ai toujours beaucoup tenu à toi, dit-il d'une voix sincère.

Lucy faillit lui répondre qu'il avait eu une bien étrange façon de le lui montrer, mais elle ravala ses sarcasmes.

— Il faut vraiment que j'avance, Kris. J'ai pris du retard dans mon travail ce matin.

Il opina, mais ne bougea pas.

— Nous pourrions peut-être prendre un café un de ces jours ?

Elle ne répondit pas et se tourna vers son ordinateur pour y entrer des données.

— Tu sais, je suis désolé si je t'ai fait du mal, Lucy.

— Inutile de remuer le passé, Kris, répondit-elle sans quitter son écran des yeux.

Il semblait sur le point de dire autre chose, mais il regarda autour d'eux pour vérifier si on les écoutait.

— On ne peut pas parler, ici. On pourrait peut-être se voir à l'heure du déjeuner ?

— Je ne peux pas.

— Pourquoi pas ?

— Je dois voir Rick Connors pour étudier mon budget publicitaire avec lui.

— Tu sembles… différente avec lui. Je ne saurais pas l'expliquer, mais je sens quelque chose entre vous quand il te regarde.

— Tu dis n'importe quoi !

— Non, non. N'oublie pas que je te connais bien, Lucy.

— Tu crois que cette conversation est indispensable ? Parce que j'ai vraiment beaucoup de travail.

Elle continuait à pianoter sur son clavier, mais ses doigts ne tapaient plus sur les bonnes touches.

— Non, je voulais juste… Ecoute, Lucy, dit-il en baissant la voix, si tu veux un conseil, sois prudente avec Rick Connors. Il paraît qu'il est très puissant et très influent.

En une fraction de seconde, Lucy revit Rick la déshabiller, et se souvint avec quelle passion elle s'était abandonnée dans ses bras. Il était trop tard pour qu'elle puisse tenir compte de ce genre d'avertissement !

— J'ai un déjeuner de travail avec lui, Kris. Merci pour tes conseils, mais je n'en ai pas besoin.

— Je voulais juste te rendre service, dit-il en se levant. Bien, à plus tard.

Elle n'en revenait pas : depuis un an, Kris et elle ne s'étaient jamais autant parlé. Pourquoi s'intéressait-il soudain à elle ?

Le téléphone sonna et elle le décrocha d'un geste brusque.

— Lucy Blake, j'écoute ?

— Lucy, c'est Rick. Je suis coincé dans les embouteillages, ce qui veut dire que je serai en retard à mon prochain rendez-vous. Nous allons devoir reporter notre déjeuner. 14 h 15, ça ira ?

— Je ne peux pas. J'ai moi aussi des rendez-vous.

Elle considéra les pages blanches de son agenda et se mit à griffonner de faux noms pour les remplir.

— Prends ton téléphone et annule-les, dit-il d'un ton qui ne tolérait aucune protestation. Je te ferai envoyer une voiture. Sois en bas dans le hall à 14 h 10.

Puis elle n'entendit plus rien. Il avait raccroché.

Elle reposa le combiné avec agacement et quelques personnes la regardèrent, étonnés.

Cet homme avait un sacré culot ! pensa-t-elle, furieuse.

7.

Lucy parvint tant bien que mal à avancer dans son travail, troublée par son étrange conversation avec Kris.

Elle avait vingt-deux ans quand elle l'avait rencontré. Leurs sociétés respectives les avaient envoyés à un séminaire de deux jours. Il lui avait tout de suite plu. Il était bel homme, élégant, et il la faisait rire. Ils s'étaient donc revus après leur formation.

Elle se souvenait bien de leur premier rendez-vous. Il était venu la chercher dans une décapotable jaune flamboyant et l'avait emmenée à la campagne, où ils avaient déjeuné dans un petit restaurant pittoresque au bord de la Tamise. Il avait saisi sa main et lui avait dit qu'elle était très belle.

Quand elle l'avait présenté à ses parents, eux aussi avaient été conquis. Ils étaient sortis ensemble deux ans avant de se fiancer, puis ils avaient organisé un grand mariage. Tandis qu'ils ouvraient le bal, il lui avait dit qu'il était l'homme le plus chanceux du monde, et elle avait levé vers lui des yeux pleins d'amour…

Une vague de colère monta en elle. Pourquoi repensait-elle à tout ça ? Elle avait été trop naïve. Il lui avait paru sincère, mais ce n'était que du cinéma. Dès qu'ils avaient été mariés, il avait changé.

Elle avait d'abord mis cela sur le compte du stress. Pour acheter leur appartement, ils avaient contracté un lourd emprunt, et Kris avait perdu son emploi trois mois après leur mariage. Lucy était restée optimiste, car elle était sûre qu'il trouverait vite autre chose. Mais au bout de six semaines de recherche, il avait sombré dans la dépression. Selon lui, rien de ce qu'on lui proposait ne correspondait à ses compétences. C'est alors que Lucy avait entendu parler d'une opportunité chez Croisières Caraïbes et elle avait tout fait pour qu'il obtienne le poste.

Leur situation s'était alors améliorée, du moins en apparence. Le jour où il avait été embauché, elle lui avait préparé un bon dîner et ils avaient ouvert une bouteille de champagne. Au moment de se coucher, ils avaient même parlé de fonder une famille.

Mais par la suite, il n'avait cessé de trouver des excuses pour remettre ce projet à plus tard, prétextant qu'ils devaient d'abord consolider leur situation matérielle, qu'il avait trop de travail, qu'il espérait une promotion…

En fait, il était devenu obsédé par son envie de réussir. Mais quand la promotion qu'il convoitait lui échappa, cela le mit dans une rage folle et il reprocha presque son échec à Lucy. Après cela, il ne fut plus question de bébé.

Certains disaient qu'il était jaloux de la brillante carrière de son épouse et que c'était la raison pour laquelle il l'avait quittée. Lucy n'en était pas sûre.

Elle était tombée des nues en apprenant qu'il la trompait. N'étant pas d'une nature suspicieuse, elle ne s'était jamais méfiée quand il rentrait tard ou qu'il partait en week-end jouer au golf avec des amis. Elle s'était sentie stupide, et profondément blessée, quand elle avait découvert sa liaison avec une jeune femme de vingt-trois ans.

Le téléphone vint interrompre ses pensées.

— Lucy, il y a quelqu'un pour vous à la réception.

Elle s'aperçut qu'elle avait oublié l'heure et qu'elle était en retard pour son déjeuner avec Rick.

66

Arrivée dans le hall, elle eut la surprise de trouver un chauffeur en livrée. Elle avait pensé qu'il lui avait enverrait un taxi, pas une limousine !

Sous le regard intrigué des réceptionnistes, elle prit place dans l'immense voiture.

— Monsieur Connors vous fait dire que si vous voulez boire un verre, il ne faut pas hésiter à vous servir, dit le chauffeur en désignant le bar.

— Non merci… Il s'agit d'un déjeuner de travail, répondit-elle poliment.

Elle se plongea dans les dossiers qu'elle avait emportés pour ne pas penser au fait qu'elle allait se retrouver seule avec Rick. Elle se rassura en se disant que le restaurant serait sûrement plein et qu'ils se contenteraient de parler travail.

Elle commençait à se demander où le chauffeur l'emmenait quand la limousine s'arrêta devant l'hôtel Cleary.

— Nous sommes arrivés, madame, dit-il en lui ouvrant la portière. M. Connors vous attend à l'intérieur.

Elle le remercia en souriant et sortit. C'était une journée ensoleillée mais l'air était glacial. Elle s'engouffra bien vite dans la chaleur du hall de l'hôtel. Il était sans doute logique que leur déjeuner ait lieu au Cleary puisque l'hôtel appartenait à la compagnie, mais elle était très troublée de revenir ici après ce qui s'était passé.

— Lucy, par ici !

Elle aperçut Rick nonchalamment appuyé au comptoir de la réception. Il parlait au téléphone et il lui fit signe d'approcher.

— Je veux que vous vous en occupiez immédiatement, disait-il à son interlocuteur.

Pendant qu'il poursuivait sa conversation, elle posa ses lourds dossiers sur le comptoir et attendit patiemment. Le hall était rempli de clients et de grooms qui s'activaient devant les ascenseurs. Le restaurant serait sûrement plein lui aussi, se dit-elle, soulagée.

— Bien, mais faites en sorte que ce soit réglé pour mercredi au plus tard, conclut-il d'une voix aussi autoritaire que celle qu'il avait utilisée plus tôt avec elle.

Il raccrocha enfin et lui sourit.

— Je vois que tu n'es pas venue les mains vides, lui dit-il en souriant.

— J'ai apporté les chiffres de cette année et de l'année dernière, pour que tu puisses comparer la logistique.

— Bonne idée, dit-il en prenant les dossiers. Mais nous aurons peut-être besoin d'une heure de plus pour regarder tout ça.

— Ce ne sera pas possible. J'ai un rendez-vous dans une heure et demie.

— Je t'avais pourtant dit d'annuler tous tes rendez-vous. Mais peu importe, tu pourras toujours téléphoner d'ici pour décommander.

Lucy voulut protester qu'il n'était pas professionnel d'annuler au dernier moment, mais comme elle n'avait en réalité aucun rendez-vous de prévu… Et le ton de Rick était si ferme qu'elle n'osa pas le contredire davantage.

Il se dirigea vers les ascenseurs.

— Où allons-nous ? demanda-t-elle, inquiète en le voyant sortir une carte magnétique.

— EC Croisières possède une suite au dernier étage. Nous y serons plus tranquilles.

— Mais nous serons très bien au restaurant…

— Il y a trop de monde, Lucy, nous n'arriverions pas à nous concentrer.

Il monta dans l'ascenseur et elle n'eut d'autre choix que de le suivre.

Ils restèrent silencieux pendant qu'ils montaient. Rick s'adossa à la paroi. Il la contemplait, admirant sa peau laiteuse, ses cheveux noirs, ses longs cils qui faisaient ressortir l'éclat de ses yeux verts, la douceur de ses lèvres entrouvertes. Elle était extrêmement sensuelle.

— Dis-moi, Lucy... As-tu du sang irlandais ?

— Pas à ma connaissance, non. Pourquoi cette question ?

— Je ne sais pas... Mon père avait la peau très claire, comme toi.

— Tu parles de lui au passé. Est-il décédé ?

— Non, mais il est très malade.

— Je suis désolée. Ça doit être très difficile.

Lucy frissonna. Elle-même était très proche de son père et elle ne pouvait pas imaginer ce que ce serait de le perdre.

— En effet. De plus, nous ne nous sommes pas adressé la parole pendant l'année qui a précédé l'annonce de sa maladie. Ça n'a rien arrangé.

— Pourquoi étiez-vous fâchés ?

— Mon père est assez vieux jeu. Pour résumer, j'ai vécu avec une femme pendant quelques années et il pensait que nous allions nous marier et avoir un enfant. Quand nous nous sommes séparés, il a été très déçu.

Elle se demanda ce qui avait pu mettre fin à cette relation. Etait-il parti dès que le mot « engagement » avait été prononcé ? Elle aurait voulu le lui demander, mais son air sombre l'en dissuada.

— On ne peut pas imposer le mariage à quelqu'un, dit-elle d'un ton léger.

— Non, et je crois qu'on sait au fond de nous quand cela va marcher ou non, répondit-il avec gravité.

— Il arrive aussi que l'on se trompe, répondit-elle en pensant à sa propre expérience.

Les portes de l'ascenseur s'ouvrirent et Lucy oublia leur conversation en voyant l'immense salon ultramoderne qui s'offrait à ses yeux. Un mur entier était une baie vitrée qui révélait une vue époustouflante sur Londres.

Impressionnée, elle fit quelques pas sur le parquet pour s'approcher de la vitre.

— C'est une belle vue, n'est-ce pas ? dit Rick en posant les dossiers sur une petite table de verre. Veux-tu boire quelque chose ?

— Juste de l'eau minérale, s'il te plaît. A quoi sert cet endroit pour EC Croisières ? demanda-t-elle avec curiosité en détaillant les fauteuils recouverts de cuir blanc, les tapis noirs et les tableaux abstraits.

— A des séminaires d'affaires, répondit-il en lui tendant un verre. Viens, je vais te faire visiter.

Du salon partait un couloir, sur lequel donnait un bureau équipé de plusieurs ordinateurs à écran plat, d'imprimantes, de fax. La porte suivante s'ouvrait sur une immense salle de conférences qui pouvait accueillir une trentaine de personnes.

— Tu es souvent venu en réunion ici ?

— Oui, assez souvent.

— On dirait que le patron aime les gadgets ! dit-elle en apercevant un grand écran au plafond, qui devait coulisser sous la simple pression d'un bouton.

— Oui, je crois. On dirait que tu n'as pas une très bonne opinion de lui ?

— Il faut me comprendre, Rick. Presque toutes les sociétés rachetées par EC Croisières ont été démembrées.

— Ce sont les affaires.

— C'est un requin, tu veux dire !

Les mots lui avaient échappé.

— Je ne savais pas que tu avais une opinion aussi tranchée, dit-il d'une voix calme.

— C'est-à-dire que… je m'inquiète pour mon travail.

70

C'était une mauvaise idée de critiquer le nouveau patron devant Rick. Après tout, elle ignorait s'ils étaient proches. Elle se rappela les paroles de Kris : « Sois prudente… Il est très puissant et très influent ».

— Tu n'aimes pas EC Croisières, ne le nie pas.

— Je n'ai pas dit ça. Je… j'ai juste l'impression qu'ils s'intéressent plus aux bénéfices qu'aux personnes.

— Si une compagnie veut survivre, elle doit faire des bénéfices. Sinon, plus personne n'aura de travail.

— Oui, mais cela ne doit pas forcément se faire de façon aussi impitoyable.

— Tu penses que EC Croisières procède ainsi ?

— Je ne pense pas ça de toi. Tu fais juste ton travail. Mais j'ai lu des articles…

— Merci pour la distinction. Mais tu ne devrais pas croire tout ce que tu lis. Je te conseille d'attendre de voir comment ton nouveau patron gère ce rachat avant de le critiquer.

— Je suppose que tu as raison, admit-elle avec prudence.

— Tu devrais en être sûre, dit-il en saisissant son menton pour l'obliger à le regarder dans les yeux. Tu devrais lui donner une chance.

Sa voix était ferme, mais sa main tenait doucement son visage. Ils restèrent les yeux dans les yeux pendant un moment et le cœur de la jeune femme se mit à tambouriner. Elle se mit à repenser à ce qu'elle avait ressenti dans ses bras… et recula aussitôt.

— Bien, je me suis peut-être trompée, on verra. Après tout, tu le connais mieux que moi.

— Sans aucun doute.

— Et tu l'apprécies.

— Disons qu'il sait ce qu'il veut et qu'il n'a pas peur de s'en donner les moyens.

— Et tu crois qu'il y aura des licenciements ? demanda-t-elle pour ne pas se laisser distraire par son regard brûlant.

— Je pense qu'il les évitera autant que possible. Mais il n'y a pas de garantie, Lucy. Pas plus que dans la vie.

— Je ne suis pas sûre que je vais apprécier cet homme.

— Nous ne pouvons sans doute pas tous nous permettre d'avoir tes principes. Il y a peut-être une chose que tu devrais savoir…

La sonnerie d'un téléphone fit retomber la tension électrique qui régnait entre eux. Rick hésita, puis s'écarta d'elle.

— Excuse-moi, je ne serai pas long.

Le regardant s'éloigner dans le bureau, elle se demanda ce qu'il voulait lui dire. Elle sortit de la salle de réunion et se promena dans le couloir en essayant de recouvrer son calme. Alors que son cerveau voulait se concentrer sur le travail, son corps n'aspirait qu'à être dans ses bras. Cette tension expliquait en partie l'imprudence qu'elle avait commise lorsqu'elle avait parlé de son nouveau patron. Etait-elle allée trop loin ?

Elle ouvrit une porte et se retrouva dans une chambre luxueuse, avec un lit immense, du parquet en acajou et un mur entièrement vitré, comme dans le salon.

Lucy continua son exploration et aperçut une salle de bains en marbre blanc. Elle posa son verre d'eau sur une table de nuit et s'assit un instant sur le lit. Il était pourvu d'un matelas à eau qui bougeait sensuellement sous elle. Quel genre d'homme était donc son nouveau patron ? se demanda-t-elle.

— Lucy ?

La voix de Rick sur le seuil de la porte la fit sursauter. Elle le regarda, gênée d'être surprise en flagrant délit de curiosité.

— Désolée, dit-elle en se levant précipitamment. Je n'aurais pas dû venir ici, c'était indiscret de ma part. Nous devrions nous mettre au travail.

72

— Oui, nous devrions, approuva-t-il en avançant dans la pièce.

— C'est une chambre étonnante, dit-elle d'un ton détaché. Je n'ai jamais dormi sur un matelas à eau.

— Non ? Aimerais-tu essayer celui-ci ? demanda-t-il d'une voix rauque.

— J'espère que tu ne suggères rien d'indécent ! répondit-elle avec un petit rire nerveux.

— Est-ce mon genre ?

— Peut-être.

— Parfois, tu es trop sérieuse. Mais ce n'est pas toi qui disais que ce n'était que du sexe, rien d'autre ?

Elle se sentit rougir.

— Ecoute, je crois que tu t'es fait une fausse idée de moi vendredi soir. Je ne fais jamais ça d'habitude. C'était juste un moment de folie.

— *Plusieurs* moments de folie.

Elle lui lança un regard furieux.

— Si tu étais un gentleman, tu ne le mentionnerais pas.

— Peut-être que je n'en suis pas un.

— Non, en effet, dit-elle en mettant les mains sur ses hanches. Alors, si tu veux bien, je préfère oublier ce qui s'est passé. J'étais déstabilisée, troublée.

— Et pourquoi ?

Elle aurait voulu mettre fin à cette conversation, mais Rick se tenait devant la porte, l'empêchant de sortir.

— J'avais eu des nouvelles de mon ex-mari, lâcha-t-elle enfin, espérant que cette explication suffirait.

— Et cela t'a troublée ?

Elle acquiesça, mais elle savait au fond d'elle-même qu'elle mentait. L'annonce de la grossesse de la petite amie de Kris avait été un choc, mais cela n'avait absolument rien à voir avec son comportement ce soir-là.

Elle avait couché avec Rick parce qu'elle l'avait désiré plus que tout au monde, et s'il la touchait maintenant, s'il l'embrassait… elle se laisserait aller dans ses bras et cela se reproduirait.

— Et quelles étaient les nouvelles ?

— Cela ne te regarde vraiment pas.

— Je pensais que ça me regardait, puisque tu m'as utilisé pour te consoler.

— Mais je ne t'ai pas utilisé ! protesta-t-elle, horrifiée.

— Je ne me plains pas ! Au contraire, j'ai apprécié…

— Pourrions-nous oublier cela et nous remettre au travail ?

— Bien sûr, répondit-il, visiblement amusé par son embarras. J'ai demandé au restaurant de l'hôtel de nous installer une table dans le salon. Notre repas doit nous y attendre, allons-y.

— Rick, je n'ai pas beaucoup de temps… Pourrait-on parcourir les dossiers en mangeant ?

Elle se sentait surtout incapable d'avaler quoi que ce soit tant elle était tendue.

— Bien sûr.

Il recula pour la laisser passer devant lui et sa main effleura son épaule. A ce contact qui la fit frissonner, elle comprit qu'il lui serait bien difficile d'oublier la nuit de vendredi.

8.

Lucy achevait de rédiger son courrier. On était jeudi après-midi : encore un jour, et Rick Connors partirait. Elle se demandait s'ils se reverraient un jour. Elle avait passé la semaine à essayer de l'éviter, en vain. Chaque fois qu'elle levait les yeux, il se trouvait dans son champ de vision. Il parlait et riait avec chacun, inspectait tout les départements, réclamait des dossiers, suggérait des changements… Elle avait hâte qu'il s'en aille.

Enfin, pas vraiment, s'avoua-t-elle en corrigeant une erreur sur une lettre avant de l'imprimer. Un instant, elle repensa à la chaleur de leurs baisers.

Leur déjeuner à l'hôtel s'était très bien passé. Il avait adopté un ton professionnel et courtois pour l'interroger sur les chiffres et la gestion de la société. Il lui avait demandé quel était son point de vue sur plusieurs problèmes. Il n'avait plus fait aucune allusion à ce qui s'était passé le week-end.

Aujourd'hui, le grand patron arrivait et une réunion était prévue à 16 heures. L'atmosphère dans les bureaux était tendue, chacun s'inquiétant pour son sort.

— Il est arrivé, annonça Carolyn en passant la tête par l'entrebâillement de la porte.

— A quoi ressemble-t-il ? demanda Linda Fellows.

— La cinquantaine, les cheveux gris… élégant.

— J'espère bien qu'il est élégant ! Il est tout de même millionnaire ! chuchota Linda. Mais je croyais qu'il était plus vieux que ça. On m'avait dit qu'il avait presque soixante-dix ans. Où est-il en ce moment ?

— Il s'est enfermé dans la salle de réunion avec John Layton, Rick Connors et certains des comptables, répondit Carolyn. M. Connors doit le mettre au courant de la situation et lui transmettre les rapports qu'il a rédigés sur chacun d'entre nous.

— J'ignorais que c'étaient des rapports individuels, s'étonna Lucy.

— C'est sûr, certains vont perdre leur poste, gémit Carolyn. C'est inévitable dans ce genre de situation.

Lucy se rappela alors les questions que Rick lui avait posées sur certaines personnes, pendant leur déjeuner. Elle avait bavardé librement avec lui, sans penser qu'il essayait de lui soutirer des informations ! Elle se félicita d'être restée prudente dans ses réponses.

— Attendons d'entendre ce que notre nouveau patron va nous dire au lieu de spéculer, recommanda-t-elle.

Mais au fond d'elle-même, elle était inquiète. Qu'est-ce que Rick avait pu écrire sur elle ? Avait-il mentionné son attitude méfiante et critique vis-à-vis du nouveau patron ? Non, il n'était pas si mesquin. Ce qui intéressait la compagnie était de savoir si elle faisait bien son travail, et elle savait que c'était le cas. Elle n'avait donc aucune raison d'avoir peur.

Carolyn retourna dans son bureau et Lucy acheva sa lettre avant de la déposer sur le bureau de sa secrétaire, qui s'était encore absentée. Comme d'habitude, Gina devait cancaner et flirter autour de la fontaine à eau.

— Tu sais que le nouveau patron est là ? demanda cette dernière en se laissant tomber sur son siège. Il est dans la salle de réunion.

— Oui, nous sommes tous au courant.

— Ah, j'oubliais, Kris demande si tu as une minute à lui consacrer. Il est près de la machine à café.

— Que veut-il ?

— Je ne sais pas, il ne me l'a pas dit.

Lucy jeta un œil à sa montre. Il restait encore un quart d'heure avant la réunion.

— D'accord, déclara-t-elle en se levant.

Elle ne comprenait pas ce qui arrivait à Kris ces derniers temps. Par exemple, il faisait régulièrement irruption dans son bureau pour savoir comment elle allait. C'était très étonnant.

Il lui sourit en la voyant arriver.

— Merci d'être venue. Il y a une chose que tu devrais savoir avant que nous allions à la réunion.

— Quoi donc ? Nous ferions mieux de nous dépêcher, les autres vont bientôt entrer dans la salle.

— Les apparences sont parfois trompeuses, Lucy.

— Comment ça ?

— Nous avons tous été… comment dire… trompés.

Le ton mystérieux de Kris commençait à l'agacer, tout comme sa façon, beaucoup trop familière à son goût, de poser son bras autour de ses épaules en lui parlant.

— Viens-en au fait. Je ne sais pas de quoi tu parles.

Elle essaya de s'écarter de lui, mais il la maintint contre lui.

— Tu as passé pas mal de temps avec Rick Connors cette semaine, n'est-ce pas ?

— Pas plus que les autres, répondit-elle, espérant qu'elle ne rougissait pas.

— Peu importe, je viens de la salle de réunion, où je devais apporter des papiers au nouveau directeur financier. Et ils ont dit quelque chose qui m'a fait stupéfait. J'ai pensé qu'il fallait que je t'en fasse part.

— Et qu'ont-ils dit ? demanda-t-elle, excédée par tous ces mystères.

— C'était à propos du nouveau patron. Il…

La porte de la salle de réunion s'ouvrit et plusieurs hommes sortirent dans le couloir, dont Rick Connors. Lucy ne connaissait pas les autres.

Rick lui jeta un regard perçant.

— Kris, avez-vous trouvé les chiffres que je vous avais demandés ? questionna-t-il avec impatience.

— Euh, non, pas encore, repartit celui-ci en s'écartant de Lucy. J'y allais quand j'ai été… distrait.

— Nous n'avons pas de temps pour les distractions, fit observer Rick en jetant un œil à sa montre en or. Je vous suggère donc d'aller les chercher. Lucy, auriez-vous la gentillesse de réunir votre département et de demander à tout le monde de se préparer pour la réunion ?

— Oui, bien sûr, répondit-elle d'une voix égale.

Elle soutint son regard, décidée à ne pas se laisser intimider par son ton.

Il sourit, comme si ce comportement rebelle l'amusait. Elle en fut agacée, mais son cœur battit plus vite quand elle le vit s'approcher.

Elle observa les deux hommes, âgés d'une trentaine d'années, qui l'accompagnaient, et se demanda qui ils étaient. L'un d'eux lui sourit en regardant sa silhouette d'un air admiratif. Elle lui rendit son sourire et s'apprêta à retourner à son bureau lorsque Rick l'arrêta.

— Lucy, je peux vous dire un mot ?

Elle se retourna et vit que les deux hommes s'éloignaient pour les laisser seuls.

— Après la réunion, j'aimerais que tu montes dans le bureau du directeur général.

— Ah ? fit-elle, essayant de cacher sa surprise. Et pourquoi ?

— Parce que je veux te parler en privé. En fait, j'ai essayé plusieurs fois de le faire, mais la semaine a été mouvementée.

— Est-ce que cela a un lien avec les rapports que tu as rédigés sur nous tous ?

— Pourquoi crois-tu cela ? demanda-t-il en souriant.

— Je me posais juste la question, répondit-elle en haussant les épaules avant de le regarder droit dans les yeux. As-tu rédigé un rapport sur moi ?

— A vrai dire, j'avais commencé par quelques paragraphes, mais c'est vite devenu un pavé !

— Très drôle. Qu'as-tu écrit sur moi ? demanda-t-elle, d'une voix vibrant de colère.

— Lucy, je ne peux pas te répondre : c'est confidentiel ! répondit-il en riant.

— Comme l'étaient certaines choses que je t'ai dites ces derniers jours. Tu sembles trouver tout cela très amusant, Rick, mais cela ne me ferait pas rire que tu aies rapporté mes propos sur le nouveau patron.

— Ah, je vois…

— Comment ça, tu vois ? Je suis sérieuse, Rick. Je trouve que ce serait parfaitement injuste que tu aies inclus mes réflexions personnelles, et cela vaut aussi pour les commentaires que j'ai pu faire sur les autres.

— Tu n'as fait aucun commentaire désobligeant sur tes collaborateurs, au contraire. Dommage que l'on ne puisse pas dire la même chose de ton attitude vis-à-vis de la nouvelle direction… Mais ne t'inquiète pas, je n'ai rien écrit. Je l'ai juste noté ici, dit-il en montrant son front.

Lucy ne savait pas si elle devait s'en inquiéter ou se sentir soulagée. Elle le vit soudain reprendre son sérieux.

— Mais Lucy, il y a quelque chose…

79

Il fut interrompu par l'arrivée d'une réceptionniste.

— Ah, vous êtes ici, monsieur Connors. J'ai un appel pour vous.

— Dites que je la rappellerai, répondit-il sèchement.

— Euh… C'est New York et il paraît que c'est important.

Il sembla contrarié.

— Très bien, j'arrive. Lucy, nous finirons cette discussion plus tard. N'oublie pas de monter directement dans le bureau après la réunion.

— D'accord, dit-elle avant de tourner les talons.

Il l'agaçait vraiment avec sa façon de s'amuser de la situation. Et surtout, elle était irritée par le fait que, même quand il lui donnait des ordres, il se passait quelque chose entre eux. Elle perdait son aplomb dès qu'il la regardait, qu'il lui souriait ou qu'il prenait cet air ironique…

Mais elle ne devait plus y penser. Rick Connors était pour elle synonyme de complications et de problèmes.

Ce n'est que lorsque Lucy entra dans la salle de réunion qu'elle se demanda ce que Kris avait voulu lui dire près de la machine à café. Elle l'aperçut à l'autre bout de la salle, mais il y avait tellement de monde qu'il lui était impossible de le rejoindre pour lui parler. Ce ne devait pas être important, de toute façon.

Mel se trouvait elle aussi de l'autre côté de la salle. Elle aperçut Lucy et lui fit un petit signe de la main.

Comme il n'y avait plus de siège libre, Lucy resta debout, contre le mur. Il faisait chaud et la pièce brussait de chuchotements nerveux. Mais le silence se fit au moment où Rick Connors entra enfin, accompagné des deux collaborateurs que Lucy avait croisés tout à l'heure, d'un homme aux cheveux gris et de John Layton.

80

Ce fut ce dernier qui ouvrit la réunion en souhaitant la bienvenue à tous et en remerciant les employés pour leur travail durant le rachat de la société. Lucy se demanda s'il resterait directeur général ou si EC Croisières allait le congédier. Elle espérait sincèrement que non.

Elle balaya du regard les cinq hommes. Rick faisait au moins une tête de plus que les autres. Elle profita de cet instant où, noyée dans la foule, elle pouvait l'admirer sans que personne n'y prenne garde. Quelque chose de puissant en lui la captivait, et ce n'était pas juste son physique ou la beauté de son visage. Il regarda soudain dans sa direction et leurs regards se croisèrent. Pendant une seconde, ce fut comme s'ils s'étaient trouvés seuls dans la pièce. La voix de John Layton lui parvenait, lointaine. Elle regretterait peut-être son départ, s'avoua-t-elle. Elle aurait aimé faire l'amour avec lui une dernière fois…

— Je voudrais donc, mesdames et messieurs, vous présenter le nouveau dirigeant de la société…

Lucy détourna les yeux de Rick, effrayée par ce qu'elle venait d'admettre, et elle essaya de se concentrer sur ce qui se passait. Elle reporta son attention sur l'homme aux cheveux gris, attendant qu'il s'avance. Mais celui-ci ne fit pas un mouvement. Abasourdie, elle vit alors Rick faire un pas en avant.

—… Monsieur Rick Connors, termina John Layton en souriant et en lui serrant la main.

D'après la vague de murmure que cette déclaration déclencha, Lucy n'était pas la seule à ressentir un choc.

— Je voudrais remercier John, commença Rick, et vous dire que j'ai passé une très bonne semaine parmi vous. Je suis heureux d'avoir fait votre connaissance et d'avoir pu constater comment les départements fonctionnaient. Je dois dire que j'ai été impressionné par ce que j'ai vu.

Elle n'avait peut-être pas bien compris. Elle n'avait pas dû bien entendre. Rick n'était pas le nouveau patron, ce n'était pas possible. Il le lui aurait dit !

— Et je voudrais m'excuser auprès de ceux qui pourraient être contrariés par le fait que je n'ai pas dit qui j'étais. Mais je trouve qu'il est plus facile de briser la glace en découvrant une société de l'intérieur.

Elle avait la nausée. Il était bien son nouveau patron. Et elle avait couché avec lui, espérant même recommencer, cinq minutes plus tôt !

Elle repensa à leurs conversations, aux critiques sévères qu'elle avait formulées, et à ce qu'il lui avait répondu dans le couloir « Ne t'inquiète pas, je n'ai rien écrit, je l'ai juste noté ici… » Et surtout : « N'oublie pas de monter directement dans le bureau après la réunion… »

Allait-il la renvoyer ? Elle pensa à toutes les factures qu'elle avait à payer. Quand Kris et elle avaient divorcé, elle avait considérablement restreint ses dépenses pour être en mesure de lui racheter sa part de l'appartement. Elle pourrait vivre quelques mois sans travailler, mais pas plus. Elle allait être forcée de revendre son logement.

La colère remplaça alors la sensation de nausée. Elle était dans cette situation parce qu'elle avait encore fait confiance à la mauvaise personne. Rick lui avait menti, il l'avait utilisée pour obtenir des informations sur ses collaborateurs… Elle le détestait, encore plus qu'elle n'avait détesté Kris. Son ex-mari était faible. Rick était… Enfin, elle ne s'était pas trompée : son nouveau patron était un requin impitoyable.

— J'espère qu'il y aura très peu de licenciements, continuait la voix de Rick. A cet effet, j'ai décidé que Croisières Caraïbes resterait une branche indépendante d'EC Croisières. Il n'y aura pas de véritable fusion. Le siège social, en revanche, sera désormais basé à la Barbade, où certaines personnes devront être transférées.

Cette nouvelle fut accueillie par des murmures d'étonnement.

— Cela ne signifie pas que le bureau fermera ici, précisa-t-il d'un ton rassurant. Avez-vous des questions ?

Plusieurs mains se levèrent. Il répondit à plusieurs interrogations, puis leva une main qui fit taire tout le monde.

— Je suggère que nous en restions là pour aujourd'hui, mesdames et messieurs. Merci pour votre attention.

Il avait employé le même ton autoritaire qu'elle avait déjà entendu dans sa bouche. C'était un homme qui avait l'habitude qu'on lui obéisse. Elle se demandait comment elle n'avait pas compris plus tôt. EC Croisières… EC comme Enrique Connors ! Elle ne savait plus si elle devait pleurer ou crier sa colère.

Les gens autour d'elle commençaient à quitter la salle. Elle était si troublée qu'elle ne vit pas que Mel l'attendait.

— Qu'en dis-tu ? demanda son amie tout excitée en l'attirant dans un coin.

— J'en dis que je suis une idiote.

— Il ne t'a jamais laissée entendre qui il était ?

— Crois-tu que si je m'en étais doutée, il aurait dormi chez moi vendredi soir ?

— Pour moi, ça n'aurait rien changé : il est beau, et en plus il est riche ! Eh, Lucy, est-ce que ça va ? Tu es très pâle.

— Ça va. Mais il faut que j'aille affronter le lion dans sa tanière.

Elle vit alors Kris s'approcher. Elle n'avait vraiment aucune envie de lui parler.

— Lucy, commença-t-il, j'ai essayé de te le dire, mais… L'homme aux cheveux gris est en fait le directeur financier d'EC Croisières, et les deux jeunes sont des avocats… Est-ce que ça va ? Tu es un peu pâle.

Si Rick avait deux avocats pour le conseiller, il devait savoir comment la renvoyer sans qu'elle puisse faire appel.

— Je vais bien.

Elle vit alors Rick sortir de la salle, suivi de ses collaborateurs. Quand il lui fit signe de le suivre, elle sentit son estomac se serrer. Elle avait l'impression d'être une mauvaise élève convoquée par le directeur.

— Bien, à tout à l'heure, dit-elle à Kris et à Mel en se décidant à faire ce que Rick lui demandait.

Après tout, avait-elle le choix ?

Mais quand elle arriva dans le hall, l'ascenseur était déjà parti. Elle attendit le suivant et monta, entourée de gens qui se posaient mille questions sur leur avenir. Il ne restait plus qu'elle en arrivant au dernier étage.

En apercevant son reflet dans le miroir, elle comprit pourquoi tout le monde lui demandait si elle allait bien, car elle avait vraiment mauvaise mine. Sa peau était très pâle et ses yeux ombrés de cernes. Elle se sentait d'ailleurs toujours nauséeuse. Ce devait être la nervosité. Elle ouvrit son sac à main et remit en hâte un peu de rouge à lèvres et fit bouffer ses cheveux, pour se donner de l'assurance.

Les portes de l'ascenseur s'ouvrirent.

Lucy n'était pas souvent venue au dernier étage. La dernière fois, c'était pour remettre sa démission au moment de son divorce. Mais John Layton l'avait refusée, lui conseillant d'attendre un an avant de procéder à des changements aussi radicaux dans sa vie.

Ironie du sort, elle se retrouvait un an plus tard dans ce même bureau, mais cette fois pour se faire renvoyer.

Elle s'arrêta devant la porte, lissa son tailleur-pantalon noir et frappa.

— Entrez !

Rick était seul, assis derrière le grand bureau de John Layton. Devant lui, plusieurs piles de documents qu'il feuilletait tout en parlant à quelqu'un au téléphone. Il lui fit signe de s'asseoir tout en poursuivant sa conversation.

— Oui, les avocats s'en occupent. Non, j'ai envoyé les copies à New York, alors je ne vois pas où est le problème. Non, mon assistante est en congé pour problèmes personnels.

Lucy ne s'assit pas. Elle le regardait, se disant qu'elle aurait dû tout deviner, rien qu'à son allure. Elle se souvint qu'il lui avait dit qu'il dormait dans un placard à balais à l'hôtel Cleary. Et elle l'avait cru ! Il avait dû bien rire.

— Lucy, vas-tu t'asseoir ou rester plantée là à me regarder ? demanda-t-il en raccrochant.

La colère de la jeune femme ne fit qu'augmenter.

— Ça dépend. Vas-tu me renvoyer ?

— Te renvoyer ? demanda-t-il, amusé. Mais pourquoi ?

— Parce que je t'ai dit que je n'appréciais pas ta manière de faire des affaires.

— Je croyais que nous nous étions mis d'accord pour que tu laisses une chance à ton nouveau patron avant de le juger.

— C'était avant que je sache qui il était. Tu n'as pas cessé de me mentir !

— Tu vas un peu loin, Lucy. Je ne t'ai pas dit toute la vérité, c'est tout.

— Pour moi, ça s'appelle mentir, rétorqua-t-elle en posant une main sur le bureau pour se pencher vers lui. Si tu couchais avec une femme et que tu oubliais de mentionner que tu es marié avec trois enfants, ce ne serait pas un mensonge ? Tu connaissais mes réticences par rapport aux relations intimes dans le cadre professionnel, alors tu aurais dû savoir combien je serais mal à l'aise de découvrir que j'avais couché avec mon patron !

— Je n'étais pas ton patron ce week-end, Lucy. Nous étions simplement nous-mêmes, et nous avons vécu quelque chose de spécial.

A ces mots, le cœur de Lucy s'emballa. Mais elle refusait de se laisser troubler.

— Ce n'était qu'une aventure d'un soir, nous le savons tous les deux. Alors tu peux arrêter ça, Rick. Je n'attendais rien de toi. Mais tu aurais pu être honnête avec moi.

Elle était furieuse de s'être laissé entraîner sur ce sujet.

— Bref, reprit-elle en détournant le regard, je suis sûre que tu ne m'as pas fait monter pour reparler de ça…

— Lucy, assieds-toi. Je suis désolé si tu t'es sentie blessée…

— Je ne suis pas blessée, mais furieuse !

— Crois-moi ou non, j'ai essayé de te parler avant la réunion, mais je n'en ai pas eu le temps.

Comme pour confirmer ses paroles, le téléphone sonna. Il décrocha d'un geste impatient. Lucy l'écouta parler d'un ton tranchant à quelqu'un qui n'avait pas reçu des documents importants.

Elle n'aurait pas dû se mettre en colère, pas si elle voulait conserver son poste. Elle n'aurait pas dû mentionner leur nuit non plus, qu'il valait mieux oublier. Le très puissant Rick Connors ne devait pas avoir de temps à perdre avec ça !

Elle s'assit pour essayer de recouvrer son calme.

— Désolé, dit-il après avoir raccroché. Où en étions-nous ? Oui, je ne t'ai pas dit qui j'étais parce que je voulais observer le bureau de Londres incognito, et aussi parce que… parce que j'aimais ta façon d'être avec moi, tu étais naturelle, tu disais ce que tu pensais.

Il sourit en la voyant hausser les sourcils.

— Oui, même quand tu n'étais pas d'accord.

— Tu m'as soutiré des informations, s'écria-t-elle.

86

— Lucy, coupa-t-il, je t'ai demandé ton opinion parce que je veux que tu partes à la Barbade pour un an et que tu participes à l'organisation des nouveaux bureaux. C'est pour ça que je t'ai demandé de venir ici, pour que nous en discutions, expliqua-t-il avant de regarder sa montre. Mais malheureusement, je vais manquer de temps.

Le téléphone sonna encore et il secoua la tête avant de prendre l'appel.

— Oui… Oubliez ça. Je vais rentrer à New York aujourd'hui pour régler le problème moi-même, lança-t-il en raccrochant violemment. Alors, qu'en penses-tu, Lucy ?

— Eh bien… je ne suis pas sûre…

Elle avait du mal à croire qu'il lui annonçait non pas un licenciement mais une promotion !

— Ma secrétaire va te trouver des billets d'avion, et tu pourras venir…

Il s'interrompit pour consulter un calendrier.

— Je vais être coincé à New York au moins une semaine, alors disons… au début du mois prochain ? J'organise une croisière de trois jours pour fêter le rachat de Croisières Caraïbes. Tu pourrais me rejoindre et me seconder pour que tout se passe bien.

Elle ne savait plus que répondre. Partir en croisière trois jours avec lui ! Cela serait-il purement professionnel ? Elle éprouvait à la fois de l'excitation et de l'appréhension.

— Rick, je…

— Ensuite, tu auras la possibilité de rester une petite semaine et visiter les nouveaux bureaux, pour te faire une idée. Ainsi, tu pourras te décider et me donner une réponse pour ce poste.

Ce n'était plus une question, mais une affirmation.

Avant qu'elle ait le temps de dire quoi que ce soit, l'Interphone sonna.

— Rick, je t'attends en bas, à la réception, fit une belle voix féminine.

Rick sourit et pressa un bouton pour répondre.

— J'arrive tout de suite, Karina.

Qui était cette femme ? Dire qu'elle avait imaginé que Rick l'invitait à faire cette croisière pour des motifs autres que professionnels ! Elle était vraiment trop naïve, songea-t-elle avec amertume. Rick s'était glissé dans son lit pour une nuit, mais il était déjà passé à une nouvelle conquête.

— Je dois y aller, Lucy. Je quitte Londres ce soir.

— Bien, je te souhaite un bon voyage, dit-elle froidement.

Il sourit, comme si son attitude l'amusait.

— On se revoit à la Barbade.

Une seconde, elle hésita, puis acquiesça. Qu'avait-elle à perdre ?

— D'accord, confirma-t-elle.

Puis elle se leva et sortit de la pièce sans se retourner.

9.

Par le hublot, Lucy s'extasiait en contemplant la mer turquoise des Caraïbes. Malgré toutes ses réticences avant de partir, elle se réjouissait de ce voyage. Cela lui ferait le plus grand bien de s'éloigner de la pluie et du froid anglais. Evidemment, elle allait devoir côtoyer Rick, mais ce n'était que pour une dizaine de jours. Son estomac se noua à cette pensée tandis que l'avion amorçait son atterrissage.

Cela faisait trois semaines et demie qu'elle ne l'avait pas vu. Il l'avait juste appelée pour vérifier qu'elle avait ses billets et régler quelques détails d'organisation avec elle.

Au moment où il avait appelé, elle pensait à lui, se demandant où il était et ce qu'il faisait, et elle avait été troublée d'entendre sa voix.

Leur conversation avait été très professionnelle. A la fin, il lui avait quand même demandé comment elle allait.

— Je vais bien, avait-elle répondu évasivement. Et toi ?

— J'ai froid ! Il neige ici. J'ai hâte de rentrer à la Barbade.

— Quelle dure vie ! Et je suppose que EC Croisières t'a installé dans un autre placard à balais, ne put-elle s'empêcher d'ironiser.

— Eh oui, avait-il répliqué en riant. C'est encore pire que la dernière fois !

— A ce point ? J'espère qu'ils ne vont pas m'installer dans un endroit aussi sinistre à la Barbade… Au fait je n'ai aucune information sur ma réservation d'hôtel ?

— C'est parce que tu n'iras pas à l'hôtel. J'ai pensé que tu pourrais dormir à bord du *Contessa*. Tu dois de toute façon y passer trois nuits, autant t'y installer tout de suite. Ce sera pratique puisque le bateau sera à quai non loin des bureaux.

— Entendu, avait-elle répondu gaiement.

Elle savait que le *Contessa* était un bateau luxueux, où même les cabines du personnel étaient confortables. Elle était donc ravie d'y dormir.

— Je prendrai un taxi pour descendre en arrivant.

— Non, j'enverrai quelqu'un te chercher, car il faut un laissez-passer pour atteindre les quais.

Lucy fut ramenée à la réalité quand l'avion toucha le sol.

— Bienvenue à la Barbade, dit une hôtesse de l'air tandis que les passagers rassemblaient leurs affaires. Il est 16 h 15 et la température extérieure est de trente degrés.

Lucy sourit et glissa dans son bagage à main la veste qu'elle avait mise pour aller jusqu'à l'aéroport d'Heathrow. Elle ne risquait pas d'en avoir besoin pendant son séjour !

Une chaleur écrasante s'abattit sur elle à la sortie de l'appareil. Le ciel était d'un bleu azur et même la brise qui jouait avec ses cheveux était chaude. Elle se félicita d'avoir troqué son jean contre une robe légère.

Elle remplit en peu de temps les formalités de la douane. Sachant que ses bagages allaient être transférés directement sur le *Contessa*, elle se dirigea vers la sortie et chercha son nom dans la nuée des pancartes brandies par les chauffeurs. Ne le trouvant pas, elle s'apprêtait à se renseigner au bureau d'information quand elle aperçut Rick qui arrivait vers elle.

Son cœur fit un bond. Elle était à la fois surprise, ravie et paniquée. Essayant de dominer ces sentiments contradictoires, elle lui adressa un grand sourire.

— Bonjour ! Quelle surprise, je ne pensais pas te voir ici !

— Bonjour Lucy, dit-il en se penchant pour l'embrasser sur la joue.

L'odeur familière de son eau de toilette et le contact de ses lèvres sur sa peau réveillèrent une foule de souvenirs.

— As-tu fait bon voyage ? demanda-t-il en lui prenant son sac des mains.

— Oui, j'ai même réussi à dormir plusieurs heures.

Elle sentait son regard sur elle et se réjouit d'avoir pris le temps de se rafraîchir avant l'atterrissage. Au moins était-elle présentable.

Comme d'habitude, il était très beau. Il portait un pantalon de toile beige et une chemisette écrue qui faisait ressortir sa peau hâlée. C'était la première fois qu'elle le voyait habillé d'une manière aussi décontractée.

— Je suis garé par là, déclara-t-il en l'entraînant dehors.

— Qu'est-ce qu'il fait chaud ! murmura-t-elle comme ils arrivaient près d'une Porsche rouge.

— Est-ce une plainte ?

— Vu le climat que j'ai laissé derrière moi, sûrement pas ! s'exclama-t-elle en montant dans la voiture. Alors dis-moi, comment se fait-il que tu sois venu me chercher ? Tu n'as pas de chauffeur aujourd'hui ?

— Rien n'est vraiment loin à la Barbade, expliqua-t-il en s'installant au volant. Et je dois aller au bateau, de toute façon.

— En tout cas, c'est très gentil de ta part.

— Tu aurais préféré que je t'envoie un chauffeur ? Est-ce que je t'intimide, Lucy ?

— Non, bien sûr que non ! protesta-t-elle.

— Alors, pourquoi fais-tu un bond d'un mètre chaque fois que j'approche ?

— Je ne m'en étais pas rendu compte, bredouilla-t-elle.

Il tourna la tête vers elle et haussa un sourcil. Lucy sentit qu'elle rougissait.

— D'accord, c'est peut-être vrai, avoua-t-elle en haussant les épaules. Je ne sais pas pourquoi. Ça ne m'arrive avec personne d'autre. Tu as un drôle d'effet sur moi.

— Tu as un effet déstabilisant sur moi aussi. Tu peux parfois être exaspérante, et à d'autres moments…

Il mit le contact et le moteur poussa un rugissement puissant, si bien qu'elle ne n'entendit pas la fin de sa phrase.

— Et parfois… ? Je n'ai pas entendu.

— Non ? C'est peut-être mieux, répartit-il en faisant reculer la voiture. Nous devons travailler ensemble, après tout.

Lucy regarda par la vitre pour se concentrer sur le paysage qui défilait et non sur ce qu'il venait de dire. Mais la curiosité fut plus forte.

— Et en quoi me trouves-tu exaspérante ?

— Difficile à expliquer, répondit-il, amusé. Je te le dirai la prochaine fois que ça se produira, c'est promis !

— Merci ! Je suppose que tu n'apprécies pas le fait que je dise ce que je pense ?

— Au contraire. Je te l'ai dit, j'aime ça chez toi. C'est très rafraîchissant. Sauf, bien sûr, quand tu critiques ton patron…

— Ecoute, je suis désolée et j'avoue m'être trompée. Après tout, tu n'as pas démantelé la société, et tu n'as procédé à aucun licenciement, du moins pas encore.

— Ce sont des excuses très prudentes.

— Je suis une personne très prudente.

— Sans doute. De toute évidence, il faut faire ses preuves pour gagner ta confiance.

92

— Peut-être, concéda-t-elle. Et nous n'avons pas très bien commencé, tous les deux, n'est-ce pas ?

— Ah bon, tu ne trouves pas ?

— Je faisais référence au fait que tu ne m'as pas dit qui tu étais, précisa-t-elle sèchement.

— Ah... Mais peut-être que nous avons des caractères très semblables ? Disons que nous sommes tous les deux très prudents. Alors, dans cette ambiance de réconciliation, si on enterrait le passé pour repartir de zéro ?

— Oui, bien sûr. Il me semble important que nous ayons de bons rapports professionnels.

— Je le pense aussi, dit-il en lui souriant.

Quelque chose dans sa façon de la regarder déclencha une sensation étrange en elle, un désir ardent qui la déstabilisa. Elle détourna les yeux. Elle ne devait pas oublier qu'il était son patron, et qu'ils venaient de tourner la page sur le passé.

— Où sommes-nous ?

— Nous traversons Bridgetown, la capitale de l'île.

Avec la soudaineté caractéristique des tropiques, la nuit commençait déjà à tomber. La ville semblait assez petite, avec des vieux bâtiments de style colonial. Des guirlandes électriques scintillaient le long des toits et sur les arbres des parcs.

— Les décorations de Noël sont toujours là, expliqua-t-il, comme elle s'étonnait de voir un renne illuminé sur un toit. Les gens ne sont pas pressés de les enlever dans les douze jours comme en Angleterre. En fait, ils ne sont pas pressés pour grand-chose. Tout le monde est très décontracté ici.

— Moi je suis très superstitieuse, et si je n'enlève pas mes décorations à temps, j'ai peur que ça me porte malheur toute l'année.

— Tiens ? Je n'aurais pas cru.

— Oh si ! Par exemple, je jette toujours du sel par-dessus mon épaule si j'en renverse.

— Mais Lucy, tout ça n'est basé que sur des réalités matérielles, dit-il en riant. Autrefois, le sel coûtait très cher, c'est pour ça que c'était un malheur d'en renverser.

— Je sais tout ça, mais je ne veux pas tenter le diable. Alors j'ai toutes sortes de petites manies.

— Ça a l'air intéressant. Tu m'en diras plus pendant le dîner.

— Le dîner ?

— Tu sais, ce repas où l'on mange avec un couteau et une fourchette, en faisant attention à ne pas renverser de sel ?

— Euh… Je suis un peu fatiguée, Rick.

— J'en suis sûr, c'est un long voyage. Mais il faut que tu manges quelque chose. Le personnel a déjà embarqué à bord du *Contessa* et les provisions ont été chargées. Et ce soir, nous serons les seuls passagers, nous pourrons en profiter pour nous détendre.

— Je ne savais pas que tu dormais sur le bateau… Je croyais que tu irais chez toi.

— Je me suis dit que je pouvais aussi bien rester à bord ce soir. J'ai beaucoup de dossiers urgents à traiter ici demain matin et les premiers invités arriveront pour la croisière dans l'après-midi.

Rick arrêta la voiture devant un poste de sécurité avant les quais, et tendit un laissez-passer au vigile qui leur sourit et leva immédiatement la barrière.

Lucy aperçut au loin le *Contessa*, illuminé dans la nuit. C'était un bateau magnifique : plus petit que les navires de croisière traditionnels, il était destiné à une clientèle très aisée.

Rick gara la voiture au bout du quai. La nuit était douce et chaude, presque lourde malgré la petite brise qui soufflait au-dessus de l'étendue noire de la mer caribéenne.

Le calme qui régnait était impressionnant. Quand Lucy avait visité des bateaux à Miami, le port grouillait de gens. Ici, il y avait juste un steward qui les attendait sur la passerelle. Ils montèrent à bord et se retrouvèrent dans l'atmosphère climatisée du hall principal, une immense pièce d'où partait un escalier doré qui se divisait en deux pour desservir les galeries à l'étage. Dans le hall se trouvaient également des boutiques, une réception et une rangée d'ascenseurs de verre.

Ils entrèrent dans l'un deux pour monter au dernier étage.

— Etais-tu déjà venue à bord du *Contessa* ? demanda-t-il.

— Non, mais j'en ai étudié les caractéristiques pour la brochure de l'année dernière.

— J'espère que les cadres de la compagnie vont apprécier leur croisière.

— J'en suis sûre. Et j'ai appris qu'il y aurait une fête à l'hôtel *Cleary* pour les employés de Londres, le mois prochain.

— Tu sais bien que j'aime faire plaisir à mon personnel.

— Et bien sûr, c'est déductible des impôts ! ironisa-t-elle pour qu'il ne la croie pas dupe de ses belles paroles.

— Ah, c'est très dur de me débarrasser de mon image de requin avec quelqu'un comme toi. J'espère que j'aurai plus de chance avec les journalistes que j'ai invités.

Elle sourit. C'est elle qui avait eu cette idée d'inviter la presse, comptant sur quelques articles élogieux pour leur faire de la publicité.

— Tu sais être charmant, et ce sera sûrement très bon pour l'image de l'entreprise.

— Je crois que c'est la chose la plus gentille que tu m'aies jamais dite, la taquina-t-il.

Ils sortirent de l'ascenseur et Rick la conduisit jusqu'à une élégante suite. Lucy traversa la grande pièce pour regarder par la porte-fenêtre qui donnait sur une terrasse privée.

— Ta chambre est par ici, indiqua-t-il en poussant une porte qui ouvrait sur une vaste cabine dans les tons rose et crème, avec un grand lit et une porte-fenêtre donnant elle aussi sur la terrasse.

— C'est immense, et très luxueux… Je pensais loger avec l'équipage.

— Mais quel genre de patron crois-tu que je suis ? Non, je veux pouvoir garder un œil sur toi. Et puis, nous allons avoir beaucoup de travail.

— Et où vas-tu dormir ? demanda-t-elle, soudain sur ses gardes.

Il ouvrit une autre porte à l'opposé du salon pour révéler une cabine identique à la sienne, mais dont le bureau était couvert de dossiers.

— Je vois…

Lucy appréhendait de devoir travailler aussi près de lui. Il avait sans doute tourné la page, et ne voyait plus d'ambiguïté dans leurs rapports, mais elle-même craignait d'avoir du mal à conserver une attitude purement professionnelle. Rick était beaucoup trop attirant. Quelle femme aurait pu résister à ses yeux sombres ?

On frappa à la porte, c'était un groom qui apportait la valise de Lucy.

— J'ai quelques affaires à régler, alors je te laisse t'installer, et on se voit sur le pont n°5 pour dîner… Disons dans une heure ?

Elle acquiesça et il lui adressa un sourire désarmant. Dès qu'il eut fermé la porte, elle se laissa choir sur un fauteuil, le cœur battant la chamade. C'était sûrement une très mauvaise idée de dîner en tête à tête avec lui, vu l'effet qu'il produisait sur elle, mais elle ne pouvait tout de même pas refuser cela à son patron !

Cet homme n'était pas pour elle, Lucy le savait. Et de toute façon, il n'était plus intéressé par elle. Il était déjà passé à une nouvelle conquête, se dit-elle avec amertume en se rappelant la belle voix de cette Karina. Non, elle avait trop d'amour-propre pour vouloir figurer dans le harem de ce don juan !

Elle se leva et entreprit de défaire ses bagages, furieuse d'avoir la faiblesse de désirer un coureur de jupons, qui de surcroît lui avait menti.

Un peu plus tard, après avoir pris une douche et passé une robe d'été jaune soleil avec des escarpins assortis, elle se dirigea vers le pont n°5. Elle était fermement décidée à ne plus se laisser dominer par l'attraction que Rick exerçait sur elle.

Un membre de l'équipage l'attendait à la sortie de l'ascenseur.

— Bonsoir, madame. M. Connors vous attend au restaurant. Si vous voulez bien me suivre.

Ils passèrent plusieurs portes avant d'arriver sur une terrasse à l'air libre à l'arrière du bateau. La tiédeur de la nuit tropicale était douce sur sa peau, très agréable après la fraîcheur de l'air conditionné.

Toutes les tables étaient éclairées à la bougie et une musique d'ambiance était diffusée en sourdine. Rick était assis à une table près du parapet, les lumières de la Barbade scintillant dans son dos. Il s'était changé et arborait un costume sombre et une chemise blanche. Quand il se leva pour l'accueillir, elle le trouva si séduisant qu'elle sentit ses bonnes résolutions s'évanouir en une seconde.

— Tu es très belle, Lucy.

— Merci, répondit-elle avec nervosité tout en s'asseyant sur une chaise qu'un serveur avait tirée pour elle. Je ne m'attendais pas à un tel faste !

— J'ai pensé qu'après un long voyage, tu apprécierais de te détendre et de manger tranquillement, dit-il en lui tendant un menu. Qu'aimerais-tu boire ? Veux-tu du vin blanc, ou préfères-tu autre chose ?

— Je veux bien du vin blanc, comme toi… Alors, as-tu eu le temps de tout régler ? demanda-t-elle pour essayer de dissiper l'atmosphère sensuelle qui régnait entre eux.

— Oui, tout est prêt pour accueillir demain nos passagers.

— C'est si calme, on se croirait sur un vaisseau fantôme, ajoura-t-elle en balayant du regard le restaurant désert.

— Tu trouves ? Si aucun serveur ne vient prendre notre commande, je commencerai à m'inquiéter ! Mais j'aime bien ce calme avant la tempête. Demain à 15 h 30, plus de cent personnes vont débarquer. Et je suis heureux que tu sois ici pour m'aider.

— Que veux-tu que je fasse ?

— J'ai besoin de toi pour accueillir les passagers et jouer le rôle d'hôtesse pendant le voyage.

— Ah ? fit-elle, surprise. Il me semble que ce serait plutôt un rôle pour ta petite amie, non ?

La question le fit rire.

— En fait, je compte sur toi pour m'aider à me repérer. Tu connais en effet tous les dirigeants de Croisières Caraïbes, tu pourras donc me souffler leurs noms en cas de besoin et faciliter les contacts entre eux et les membres d'EC Croisières.

— Aucun problème !

— Et un peu d'aide ne serait pas de refus pour faire le tri dans mes papiers. Mon bureau est un peu en désordre en ce moment…

— S'il s'agit de celui que j'ai aperçu dans ta cabine, le terme de chaos serait plus approprié !

— J'espérais que tu n'avais rien vu, se défendit-il en riant.

Un serveur vint prendre leur commande, et Lucy se hâta de parcourir la carte. Elle commanda du melon avec du jambon de parme puis une grillade.

Rick l'interrogea sur l'ambiance à Londres depuis le rachat.

— Et Kris Bradshaw ? Comment va-t-il ?

— Kris ? Je ne sais pas, répondit-elle en haussant les épaules. Bien, je suppose. Pourquoi me poses-tu la question ?

— Simple curiosité. J'ai remarqué qu'il était souvent avec toi au bureau. Et puis, c'est ton ex-mari.

— Qui te l'a dit ?

— Quelle importance ? Ce qui compte, c'est que toi tu ne me l'aies pas dit.

— Je ne le jugeais pas nécessaire. Cela n'interfère en rien avec mon travail.

— Ni avec ta décision d'accepter ou non le poste de la Barbade ?

— Non ! Il est mon *ex-mari*, Rick. Il m'a quittée pour une autre femme et je n'ai plus rien à lui dire.

— Mais tu l'aimes encore.

— Non, bien sûr que non ! Il faudrait que je sois folle pour l'aimer encore après ce qu'il m'a fait ! Je ne vois pas pourquoi tu dis une chose pareille !

Rick observa son visage animé par la colère, ses yeux brillants, et il se dit qu'il avait touché un point sensible.

— Je ne fais que répéter ce que j'ai entendu dire, Lucy.

— Je n'aurais pas cru que tu t'intéressais aux commérages, rétorqua-t-elle en lui lançant un regard furieux.

— C'était difficile de ne pas les entendre, surtout quand il s'agissait de cette fameuse soirée de *speed dating*…

— Les gens en parlaient ? demanda-t-elle en devenant livide. Ils ne savent pas… ce qui s'est passé entre nous, n'est-ce pas ?

— Non, ils racontaient juste que tu avais rencontré quelqu'un qui t'avait invité à dîner, mais que tu avais refusé.

— Ah oui, Mark Kirkland ! dit-elle en reprenant des couleurs. Heureusement qu'ils ne savent pas pour… nous. Ils s'en seraient donné à cœur joie.

— Ç'aurait été un sacré scoop ! Ce Mark Kirkland, c'est l'homme dont tu avais coché le nom ?

Soudain, Lucy se rappela ce matin où elle avait reçu le message de l'agence. Elle était au lit avec Rick et ils s'étaient disputés en riant pour attraper le téléphone, avant de passer à un combat plus tendre…

— Pourquoi me poses-tu toutes ces questions, Rick ?

— Parce que ça m'intéresse, répondit-il nonchalamment. Alors, tu n'es pas sortie avec lui ?

— Non, mais si tu veux savoir, ça n'avait rien à voir avec mon ex-mari. La vérité, c'est que j'étais trop occupée et trop fatiguée pour sortir.

— Et tu fais toujours passer le travail avant tout, je l'ai remarqué quand j'étais à Londres. Tu es la première à arriver au bureau et la dernière à partir. As-tu toujours été ainsi ou est-ce depuis ton divorce ?

— Veux-tu que je m'allonge sur un divan pour continuer la psychanalyse ?

Il éclata de rire.

— Tu peux. Mais je ne te garantis pas de rester de marbre.

La tonalité rauque de sa voix lui fit monter le rouge aux joues.

— Désolé, je ne devrais pas te parler comme ça…

— Non, en effet, murmura-t-elle avant de changer de sujet. Je n'arrive pas à croire que les gens colportent encore des rumeurs sur ma vie privée, un an après mon divorce.

— Peut-être parce que ton ex et toi avez encore l'air d'être ensemble.

— Sûrement pas ! Nous sommes obligés de travailler ensemble, et nous restons polis l'un envers l'autre, c'est tout. En fait, il paraît que sa petite amie est enceinte, tu dois être au courant, non ?

— Non. Est-ce la nouvelle qui te bouleversait le soir où nous nous sommes vus au *Cleary* ?

Elle se souvint avec honte qu'elle avait utilisé ce prétexte pour expliquer son comportement, cette nuit-là. Elle faillit nier, mais préféra s'en tenir à cette version.

— Oui. J'étais en colère, mais ça ne veut pas dire que je sois toujours amoureuse de Kris. D'ailleurs, je ne suis pas sûre de croire encore en ce genre de sentiments.

Rick l'observait sans rien dire.

— J'ai organisé mon existence différemment depuis qu'il est parti. J'aime mon travail et ma vie et, contrairement à ce que les gens pensent, je ne me morfonds pas en attendant son retour. Je suis plus forte depuis mon divorce, et je sais que personne ne me fera plus subir ce qu'il m'a fait.

Avant que Rick ait eu le temps de répondre, elle se leva.

— Si tu veux bien m'excuser, je n'ai plus faim et je suis épuisée. Je vais me coucher.

— Lucy !

Elle ne se retourna pas. Elle s'en voulait d'avoir perdu son sang-froid, mais elle n'aurait pas pu rester une minute de plus sans fondre en larmes.

Elle venait de s'enfermer dans sa cabine quand il frappa à sa porte.

— Laisse-moi, Rick. Nous parlerons demain matin.

— Je veux te parler maintenant, dit-il d'une voix ferme.

Elle passa une main dans ses cheveux. Elle hésitait à ouvrir la porte parce qu'elle se sentait à bout de nerfs et avait peur de ses réactions.

— Lucy, ouvre la porte, s'il te plaît, insista-t-il d'une voix douce à laquelle elle ne put résister.

Quand elle ouvrit, elle vit qu'il avait l'air inquiet.

— Je suis désolé, je ne voulais pas te bouleverser.

— Je crois que je suis juste très fatiguée. Et puis, j'en ai assez de toutes ces rumeurs à mon sujet.

— Je comprends, assura-t-il en avançant la main pour replacer une mèche de cheveux derrière son oreille.

Ce geste était si tendre qu'elle sentit son cœur battre plus vite.

— En tout cas, ton mari est un idiot de t'avoir quittée.

— Je ne crois pas. Sandra est une très jolie blonde de vingt-trois ans avec une silhouette de rêve.

— Elle ne peut pas avoir une silhouette plus parfaite que la tienne.

— Rick, ne fais pas ça, murmura-t-elle.

— Ne fais pas quoi ? demanda-t-il en se rapprochant.

— N'essaie pas de me faire du charme. Ça doit marcher avec toutes les femmes, mais pas avec moi.

— Je n'essaie pas de te faire du charme ! Je te respecte trop pour ça.

— Rick, vraiment… Arrête…

— Je le pense vraiment, Lucy. Je ne te ferais de mal pour rien au monde. Je serais même prêt à frapper toute personne qui essaierait de te faire souffrir, y compris Kris Bradshaw.

Elle esquissa un sourire tremblant.

— Voilà qui est mieux, souffla-t-il. Tu as un très beau sourire, tu sais.

— Garde tes belles paroles, ça ne prend pas avec moi.

— Personne ne t'a jamais dit qu'il fallait accepter les compliments avec élégance ?

— Si, ma mère. Mais elle m'a aussi appris à me méfier des loups déguisés en brebis.

— Ta mère doit être une femme pleine de sagesse, dit-il en souriant. Mais je te promets que je ne suis pas un loup.

— Oh si, tu en es un.

— Lucy, accepte-le… Tu es une femme très belle et très séduisante, dit-il en caressant sa joue. En fait, depuis que nous avons fait l'amour, je ne pense qu'à recommencer.

Il se pencha et prit possession de ses lèvres pour un baiser passionné.

— Et recommencer, encore et encore… continua-t-il.

Soudain, Lucy oublia tout et s'abandonna entre ses bras.

10.

Lorsque Lucy ouvrit les yeux, elle prit immédiatement conscience de ce qui s'était passé. Malgré toutes ses bonnes résolutions, elle avait cédé. Elle tourna la tête pour regarder Rick qui dormait près d'elle.

Mais pourquoi suffisait-il à cet homme de poser la main sur elle pour qu'elle lui appartienne ? Elle se souvint de ses caresses sur sa peau nue, de la chaleur de ses baisers et de la façon dont elle s'était abandonnée au plaisir. Elle l'avait laissé la déshabiller tandis que la sensation d'excitation et de désir la consumait presque.

Mais qu'est-ce qui lui avait pris ? Il était son patron, pour l'amour du ciel !

Il ouvrit soudain les yeux.

— Bonjour, murmura-t-il avec un sourire ensommeillé. Tu as bien dormi ?

— Oui, pas mal.

En réalité, il l'avait tant comblée qu'elle avait dormi d'une traite jusqu'au matin.

Rick s'appuya sur un coude pour la regarder et admirer ses cheveux noirs et la blancheur de sa peau.

— Tu es très belle au réveil, tu sais ? dit-il en effleurant sa joue.

— Et toi tu es un vil séducteur ! Je m'étais juré de ne pas recommencer. Je n'arrive pas à croire que je me retrouve encore au lit avec toi.

— Moi, je m'en réjouis ! répondit-il en déposant un baiser sur le bout de son nez.

Lucy frissonna, en proie à des émotions contradictoires. Une partie d'elle voulait de nouveau faire l'amour avec lui, mais une autre voulait fuir aussi loin que possible.

— Peut-être, mais c'était une erreur, une énorme erreur.

— Pourquoi ?

— Mais parce que tu es mon patron !

— Lucy, il est 7 h 30. Je ne suis ton patron que pendant les heures de bureau, alors détends-toi.

— Non, Rick. Nous n'aurions pas dû. J'étais affaiblie, épuisée. Cela ne se reproduira plus, conclut-elle fermement en faisant un mouvement pour s'écarter de lui.

Mais il la retint contre lui.

— Cela se reproduira, Lucy, parce qu'il y a une alchimie incontestable entre nous. Tu le sais aussi bien que moi.

Comme pour prouver ce qu'il venait de dire, il caressa le creux de sa taille et elle sentit son corps réagir instantanément.

— Alors, que proposes-tu ? murmura-t-elle d'une voix rauque. De céder à cette… alchimie ?

— Oui, répondit-il en déposant une pluie de baisers dans son cou. Nous devrions laisser les choses se faire, ne pas trop réfléchir, juste profiter l'un de l'autre et du plaisir que nous éprouvons.

Elle céda alors au désir qui la gagnait et elle tourna la tête pour l'embrasser avec passion.

— Tu vois ? C'est juste une réaction physique. Nous pouvons avoir une relation libre, sans engagement ni contrainte.

Il avait peut-être raison : ils pouvaient très bien avoir une liaison. Elle était peut-être trop vieux jeu. Mais soudain, en le regardant dans les yeux, elle se sentit perdue et elle eut peur de se brûler les ailes à ce petit jeu.

— Non, Rick, ce serait de la folie, dit-elle en s'écartant brusquement. Je ne veux pas de complications dans ma vie, et surtout pas d'une liaison avec mon patron. Cette nuit était une exception.

— Pas vraiment, puisque nous l'avions déjà fait.

— Je ne plaisante pas, Rick.

Il éclata de rire et l'embrassa sur la bouche.

— D'accord, si ça te fait plaisir, c'était une exception… jusqu'à la prochaine fois.

— Il n'y aura pas de prochaine fois.

Il repoussa le drap et sortit du lit. Lucy ne put s'empêcher d'admirer son corps nu, magnifique… Il se tourna et la surprit en train de le regarder. Elle rougit et détourna les yeux.

— Cela ne se reproduira plus jamais, répéta-t-elle.

Rick se mit à ramasser ses vêtements en riant.

— Arrête de lutter, Lucy ! On se voit sur le pont dans une demi-heure pour le petit déjeuner, d'accord ?

Comme elle ne répondait pas, il planta un autre baiser sur ses lèvres.

— Ne sois pas en retard…

La porte se referma sur lui, et elle se retrouva seule. Elle ne savait plus que penser. Cet homme était tellement sûr de lui que ç'en était presque de l'arrogance. Mais il était un amant à la fois tendre et passionné… Elle adorait quand il lui murmurait des mots doux à l'oreille, lui disant combien elle était belle, combien il avait envie d'elle… Peut-être qu'en effet l'alchimie entre eux était trop forte pour y résister.

L'esprit plein de pensées confuses, elle sortit du lit pour aller prendre une douche. Non, elle n'était pas faite pour une relation basée sur le seul plaisir physique.

En tournant le robinet d'eau chaude, elle se sentit soudain prise d'une violente nausée. Elle dut s'appuyer contre le lavabo pour reprendre sa respiration, ne sachant pas si elle allait vomir ou s'évanouir. Elle fut incapable de bouger pendant de longs instants, avant que la sensation ne disparaisse progressivement.

Elle regarda son reflet dans le miroir, se demandant ce qui avait pu provoquer ce malaise. La chaleur, peut-être ? Elle passa de l'eau froide sur son visage, puis prit une douche fraîche. En sortant de la salle de bains, elle se sentait de nouveau très bien. Elle enfila rapidement un pantalon en lin blanc et un T-shirt noir et blanc.

Elle appréhendait tellement le petit déjeuner avec Rick, qu'elle oublia bientôt cet étrange épisode.

Malgré l'heure matinale, il faisait déjà très chaud sur le pont. Le ciel était d'un bleu éblouissant et la mer d'une magnifique couleur turquoise. Rick n'était pas là, mais la table qu'ils avaient occupée la veille était dressée sous un grand parasol vert. Un serveur apparut, tira une chaise pour elle et lui tendit un menu.

Rick arriva quelques minutes plus tard, venant de l'autre côté du pont. Il était vêtu d'un pantalon kaki et d'un t-shirt beige, les cheveux encore mouillés.

— Désolé, j'ai été retenu par un coup de téléphone.

A sa surprise, il se pencha pour l'embrasser sur la joue. Le parfum de son après-rasage était délicieux, tout comme ce bref instant d'intimité. Elle ne put s'empêcher de regarder autour d'elle pour vérifier que personne ne les avait vus.

— Détends-toi, Lucy, dit-il en s'asseyant. Je t'assure qu'il n'y a aucun paparazzi derrière les plantes vertes.

— Très drôle, Rick. Mais si quelqu'un du bureau venait à le savoir, j'en entendrais parler jusqu'à la fin de mes jours.

— Je comprends. Tu sais, moi non plus, je n'aime pas trop mélanger le travail et le plaisir.

Cela signifiait-il qu'il avait changé d'avis ? Elle sentit une pointe de déception, mais se reprit aussitôt.

— Nous sommes donc d'accord pour dire qu'il vaut mieux oublier tout ça, dit-elle fermement.

— Crois-tu qu'il suffise de le dire sur ce ton pour en être capable ? demanda-t-il avec un sourire ironique qui la déstabilisa. Ecoute, nous sommes tous les deux passionnés par notre travail, et aucun de nous ne cherche une relation à long terme. Nous savons donc à quoi nous en tenir. Le fait que tu sois ma maîtresse ne nous empêchera pas de travailler ensemble.

— On dirait que tout est déjà décidé !

— Il est vrai que j'aimerais que tu acceptes cette mission à la Barbade : cela nous permettrait de passer du temps ensemble.

— Tout semble si facile pour toi ! Mais quand notre liaison sera terminée, ce n'est pas toi qui auras peur de perdre ton travail.

— Tu crois que dans ce cas, je te renverrais ? Je croyais que tu avais maintenant une meilleure opinion du patron de EC Croisière !

— Oui, c'est vrai, mais je ne peux pas m'empêcher de me demander si tu m'as proposé ce poste à la Barbade parce que tu me voulais dans ton lit.

— Lucy, je suis avant tout un homme d'affaires. Je ne t'aurais jamais proposé ce travail si je ne pensais pas que tu étais la meilleure personne pour le faire. Il y a beaucoup d'argent en jeu dans cette affaire et je ne prendrais jamais le risque de tout gâcher de la sorte.

Elle se sentait à présent stupide d'avoir évoqué ce sujet. Le serveur arriva pour leur proposer du thé et du café.

— Avez-vous fait votre choix ? demanda-t-il après avoir rempli leurs tasses.

— Je prendrai juste du pain grillé, s'il vous plaît, annonça-t-elle sans jeter un œil à la carte.

— C'est tout ? observa Rick en fronçant les sourcils. Tu n'as rien mangé hier soir. Tu dois avoir faim.

— Non, vraiment, ça ira. Je ne mange rien d'habitude au petit déjeuner, dit-elle en souriant au serveur.

Rick commanda des pancakes au sirop d'érable. Rien qu'en imaginant les petites crêpes, Lucy eut une moue de dégoût. Même l'odeur du café la dérangeait. Elle se dit que la chaleur et la nervosité avaient dû lui couper l'appétit. Elle repoussa sa tasse et se versa un verre d'eau.

— Est-ce que ça va ? demanda-t-il quand le serveur fut reparti. Tu es un peu pâle.

— C'est la conséquence du climat anglais. Mais avec ce soleil, j'aurai sans doute meilleure mine à la fin de la journée.

— Dans tous les cas, tu es toujours très belle, dit-il d'une voix douce. Alors, qu'en penses-tu ? On donne une chance à cette relation ? On verra bien où ça nous mène…

Il parlait d'un ton décontracté, mais il avait l'air tendu. Elle sentait son cœur battre plus fort dans sa poitrine. Elle hésitait encore.

— Je vais y réfléchir, Rick. De toute façon, je n'ai pas encore décidé si j'acceptais le poste.

— Bien. Mais je tiens à préciser que même si tu ne veux pas poursuivre notre relation, le poste est toujours pour toi, si tu l'acccptes.

Lucy ne répondit pas tout de suite.

— Tu m'as l'air bien pensive, fit-il remarquer.

— Ah oui ? Je me disais que je ne savais presque rien de toi. Alors que nous sommes en train de discuter de notre liaison au petit déjeuner.

— Tu sais au moins que nous sommes sexuellement très compatibles, répliqua-t-il d'une voix rauque.

Elle essaya de ne pas montrer son embarras.

— Et aussi que ton cœur a été brisé à l'âge de sept ans par Marion Woods.

Il éclata de rire.

— Tu vois, tu en sais plus sur moi que la plupart des femmes. Je crois que je n'en avais jamais parlé à personne.

Le serveur apporta les toasts et les pancakes puis s'éclipsa. Lucy hésitait à poursuivre cette conversation, mais la curiosité fut plus forte : elle avait envie de mieux le connaître.

— Tu as grandi à Buenos Aires ?

— J'y ai vécu jusqu'à l'âge de sept ans, ensuite on m'a envoyé en pension en Angleterre.

— Cela a dû être dur de quitter tes parents, si jeune.

— C'est quatre ans plus tard que cela a été dur, quand ils ont divorcé. Mon père est allé vivre à Londres et ma mère est partie à Miami avec son nouveau compagnon. Mes vacances ont donc été partagées entre eux deux.

— Cela a dû être difficile, dit-elle, pleine de compassion. As-tu des frères et sœurs ?

— J'ai une demi-sœur. Oui, c'était difficile, car le divorce s'est mal passé. L'entreprise familiale, une chaîne de restaurants, a presque fait faillite à cause de leurs conflits. En sortant de l'université, j'ai tout fait pour sauver les meubles. Ce fut en quelque sorte mon baptême du feu.

— Et tu as réussi ?

— Oui, mais cela m'a pris plusieurs années. Mais dis-moi, tu me poses beaucoup de questions ! remarqua-t-il en souriant.

— Pas autant que toi hier soir. Et puis, si je dois devenir ta maîtresse, j'ai besoin d'en savoir un peu plus sur toi.

— Je vois… Eh bien, continue, alors !

— Comment es-tu arrivé à la tête d'une chaîne d'hôtels et d'EC Croisières ?

— J'ai fini par revendre la moitié des restaurants et franchiser les autres, ce qui m'a permis d'acheter d'autres sociétés, que j'ai gardées ou revendues après les avoir démembrées.

— C'est donc devenu ta spécialité ?

— Disons que j'ai fait ce qu'il fallait pour produire des bénéfices. Mon père m'a demandé de l'aider à redresser son entreprise : je lui ai fait gagner de l'argent et j'en ai gagné moi aussi. Je suis un homme d'affaires.

— Tu travailles toujours avec ton père ?

— Depuis qu'il m'a parlé de ses problèmes de santé, l'année dernière, je passe de temps en temps et je garde un œil sur sa société. Mais je suis très pris par ma propre entreprise, et j'ai décidé de demander à une de mes collaboratrices, Karina Stockwell, de s'en occuper.

— Ah oui, Karina…

Elle repensa à la belle voix de femme qu'elle avait entendue dans l'Interphone, à Londres.

— Je t'ai déjà parlé d'elle ? demanda-t-il, étonné.

— Elle était à Londres juste avant ton départ pour New York, non ?

— Oui. Karina et moi, cela remonte à longtemps. Nous avons vécu ensemble pendant quelques années.

— C'est elle que ton père voulait que tu épouses ?

— Oui : il l'adorait ! C'est d'ailleurs toujours le cas.

— Et que s'est-il passé entre vous ? demanda-t-elle d'un ton faussement détaché.

— Ça n'a pas marché. Nous nous aimions beaucoup mais nous avons préféré nous séparer.

— Qui a pris la décision ?

— C'était une décision mutuelle. Ecoute, je ne prétends pas être un ange. J'ai eu beaucoup de petites amies, et j'ai sans doute brisé quelques cœurs, mais c'était involontaire.

110

— Bien sûr ! ironisa-t-elle. Tu leur faisais *involontairement* faux bond, à cause d'une réunion importante ou d'un problème technique à régler…

— D'accord, c'est vrai, le travail a toujours passé avant tout. Mais j'ai toujours été honnête là-dessus, dès le départ.

— Et avec Karina ?

Il marqua un silence.

— Non, c'était différent, assura-t-il avec une lueur de regret dans les yeux. Je voulais avoir une relation sérieuse avec elle. Mais je savais que le mariage n'aurait pas fonctionné.

— Elle voulait un père de famille, pas un bourreau de travail…

— Ce n'était pas si caricatural, rétorqua-t-il sèchement.

— Désolée, je n'aurais pas dû dire ça. C'était indiscret.

— Karina et moi sommes restés bons amis. Elle est mariée maintenant. Tu vois, rien n'arrive par hasard.

Elle se demanda soudain si son aversion contre le mariage venait du souvenir douloureux du divorce de ses parents.

Leurs regards se croisèrent et ils restèrent silencieux un moment.

— Bien, est-ce que l'interview est terminée ?

— A peu près.

— Ai-je donné les bonnes réponses ? demanda-t-il, amusé.

— A peu près.

— Tant mieux, parce que je crois que j'ai assez parlé, dit-il en prenant sa main par-dessus la table. Nous avons jusqu'à 15 heures avant que tout le monde arrive. Que dirais-tu d'aller visiter les nouveaux locaux ? Et je veux aussi te montrer l'endroit que je t'ai trouvé.

Tout en parlant, il caressait sa main. Lucy eut soudain chaud et très envie de se rapprocher de lui, de sentir ses mains sur tout son corps.

— Comment cela ?

111

— Je parle de ton futur logement, bien sûr ! Viens, je vais te montrer.

Confortablement installée dans la Porsche de Rick, Lucy se disait qu'elle garderait à jamais le souvenir cette journée dans sa mémoire. Il avait converti sa voiture en décapotable et ils roulaient sur les petites routes étroites du centre de l'île. Ils longeaient des champs de cannes à sucre, des palmeraies, des massifs de bougainvilliers, croisaient de petites églises qui semblaient étrangement venir d'un village anglais.

Au sommet d'une colline, Rick ralentit pour qu'elle puisse admirer la vue spectaculaire sur l'océan.

— C'est beau, n'est-ce pas ?

— A couper le souffle !

— Ma maison se trouve juste là, dit-il en indiquant une route qui tournait à gauche, au bout de laquelle elle aperçut un grand manoir caché derrière les arbres.

Il accéléra et quelques minutes plus tard, ils franchirent un grand portail pour s'arrêter devant un pavillon sur pilotis. Il était peint en jaune pâle, et entouré de citronniers, de bananiers, d'avocatiers et de papayers.

— Nous y sommes, annonça Rick en coupant le contact. J'ai pensé que ça te plairait.

Lucy était déjà sous le charme.

— C'est pour moi ?

— Si ça te plaît, oui, dit-il en ouvrant sa portière. Viens, je vais te faire visiter.

Impressionnée, elle le suivit. Il était impossible de ne pas aimer cette maison. L'ensemble rappelait un tableau de Gauguin, avec des proportions harmonieuses et beaucoup de caractère.

Son œil fut tout de suite attiré par la véranda qui entourait le pavillon et donnait sur la mer. Une brise tiède et délicieuse faisait frémir les feuilles des arbres. On n'entendait aucun autre bruit que celui des vagues qui s'échouaient sur la plage et le chant d'un oiseau.

Rick ouvrit la porte d'entrée et ils arrivèrent dans un salon meublé avec goût : des petites tables en acajou verni, un bureau qui faisait face à la mer, un canapé et des fauteuils en damassé jaune.

Il ouvrit ensuite une porte qui donnait sur une salle à manger avec une grande table de bois d'ébène et six chaises sculptées. Des baies vitrées coulissantes s'ouvraient sous la véranda. Dans l'enfilade se trouvait une grande cuisine.

Silencieuse, Lucy le suivit dans une autre pièce dont les fenêtres, qui allaient du sol au plafond, donnaient sur la mer.

— Je me suis toujours dit que cela ferait un atelier d'artiste idéal, déclara Rick. Si tu emménageais ici, tu pourrais peut-être te remettre à la peinture ?

— Et devenir le nouveau Picasso ?

Il rit. Elle aimait son rire, si chaleureux et séduisant. Elle se demandait comment ce serait de vivre dans cette maison, et s'il viendrait lui rendre visite souvent. Elle sortit pour poursuivre la visite.

Elle entra dans la chambre principale, qui disposait d'un immense lit à baldaquin aux voilages blancs, donnant à la pièce une atmosphère très sensuelle. Elle voulut ressortir en hâte, mais Rick était déjà là.

— Alors, qu'en penses-tu ? demanda-t-il doucement. Cette maison te convient ?

— Ce serait difficile de ne pas l'aimer, répondit-elle en faisant semblant de s'absorber dans la contemplation du paysage. Est-ce qu'elle t'appartient ?

— Oui, c'est le pavillon de chasse. J'habite à quinze minutes d'ici à pied. Je sais que tu es très indépendante et que tu n'as pas envie que des rumeurs courent sur nous, alors j'ai pensé que cette maison pouvait être la solution.

— Pour que je sois ta maîtresse clandestine ? demanda-t-elle en essayant de plaisanter.

— C'est toi qui choisit, dit-il en la saisissant par le bras. Personnellement, je voudrais que tout le monde sache que tes nuits m'appartiennent, continua-t-il en plongeant son regard dans le sien. Et que tu m'appartiens…

Un frisson de désir la parcourut.

Les yeux de Rick étaient à présent rivés à ses lèvres et elle se sentit irrésistiblement attirée vers lui, prise au piège par une force qui disait qu'elle avait besoin de lui appartenir, de s'abandonner à lui.

Il l'embrassa avec une fougue passionnée. Elle posa les mains sur sa nuque et lui rendit son baiser. Pendant un instant, elle oublia toutes ses questions et se laissa happer par un tourbillon de sensations.

Il glissa la main sous son T-shirt, caressant ses seins à travers la dentelle de son soutien-gorge. Son corps réagit aussitôt et un désir ardent se mit à brûler au plus profond d'elle-même.

— J'ai envie de toi, Lucy, murmura-t-il à son oreille. Je te veux, ici et maintenant…

Une porte claqua quelque part dans la maison et elle s'écarta brusquement, remettant en place son T-shirt avec des mains tremblantes.

— Bonjour, monsieur Connors, fit une voix enjouée depuis le salon. Ce n'est que moi !

— Détends-toi, Lucy. C'est madame Lawson, la femme de ménage. Je lui avais demandé de passer pour que le pavillon soit prêt à ton retour de la croisière. Je vais lui demander de revenir plus tard.

— Non ! répondit-elle précipitamment.

Il se retourna et posa sur elle un regard interrogateur.

— J'ai besoin de temps pour réfléchir… Tout va trop vite.

— Au contraire, je trouve que ça ne va pas assez vite, protesta-t-il en souriant. Mais il est vrai que la patience n'est pas ma plus grande qualité. Quand je suis résolu à quelque chose, en général je n'aime pas attendre.

— Eh bien, il faudra que tu attendes, Rick, rétorqua-t-elle avec fermeté. Peut-être que d'autres femmes dans ta vie ont immédiatement consenti à tes projets, mais moi je suis différente.

— Oh, je m'en rends bien compte, Lucy, dit-il avec un sourire encore plus grand. Je m'en suis douté à la première seconde où je t'ai vue.

— Alors tu devrais comprendre qu'il faut me laisser du temps. En fait, je crois que tu ne devrais même pas m'embrasser, ni… m'approcher tant que je n'aurai pas pris ma décision.

Elle soutint son regard avec détermination, tout en étant bien consciente qu'il n'avait qu'un pas à faire pour la prendre dans ses bras et la faire fléchir.

— D'accord, Lucy, nous allons jouer selon tes règles… pour l'instant.

11.

Le bateau s'apprêtait à quitter le port. Lucy, debout sur le pont, observait l'activité sur le quai. Bientôt, les dernières amarres furent larguées et le *Contessa* s'éloigna de la côte.

Le soleil descendait déjà vers l'horizon et le ciel se parait de teintes pourpres et orangées qui se reflétaient dans les eaux sombres. Soudain, la corne de brume retentit deux fois et le navire mit le cap vers le large. Les rives de l'île de la Barbade s'éloignèrent peu à peu dans la brume du crépuscule.

Lucy était seule sur le pont. Tout le monde devait être en train de se préparer pour le cocktail organisé par le capitaine avant le dîner. Elle n'avait pas vu Rick depuis l'arrivée des invités, et elle ignorait où il était.

Elle était déjà prête, vêtue d'une robe longue noire et de sandales à talons. Elle avait relevé ses cheveux en un élégant chignon maintenu par des barrettes en strass. Profitant de ce moment de calme pour admirer le coucher du soleil, elle se remémora la journée qu'elle venait de passer.

Après la visite du pavillon, ils étaient passés chez Rick afin qu'il prenne quelques affaires pour le voyage. Elle avait bu un verre de thé glacé dans un petit salon en l'attendant, et avait pu admirer la beauté des lieux. Jusque-là, elle n'avait pas vraiment réalisé à quel point il était riche, mais cette demeure était un véritable palais. Il y avait une multitude de chambres et de terrasses, ainsi que deux grandes piscines.

Lucy avait alors songé que son propre appartement aurait tenu dans une seule des pièces du rez-de-chaussée !

Cette visite lui avait permis de réaliser à quel point Rick et elle vivaient dans deux mondes très différents. Elle gagnait bien sa vie mais elle devait faire attention à ses dépenses. Lui, au contraire, vivait entouré d'une armée de domestiques et était habitué au luxe. Mais cela ne la fascinait pas. Si elle avait eu à choisir, elle aurait préféré habiter le pavillon de chasse plutôt que cette immense maison. Elle était de plus beaucoup trop indépendante pour apprécier qu'autant de personnes s'occupent d'elle.

Les lumières de la Barbade disparaissait au loin et seule la voûte étoilée éclairait la nuit. Lucy se demandait comment ce serait de vivre sur cette île. Elle imagina ses affaires dans le pavillon, s'imagina assise sur la terrasse dans la douce chaleur du soir, buvant un verre avec Rick. Il la prenait par la main et la conduisait jusqu'à la chambre…

Elle secoua la tête pour s'obliger à revenir à des considérations plus sérieuses. Après la visite du pavillon, Rick lui avait montré les nouveaux bureaux. Ils étaient spacieux, modernes et à quelques minutes à pied de la capitale. Elle avait tout de suite su qu'elle aurait du plaisir à y travailler.

Alors pourquoi hésiter à accepter ce poste ? De quoi avait-elle peur ? Peut-être craignait-elle d'être blessée de nouveau. Pourtant, Rick ne pouvait pas lui faire autant de mal que Kris, puisqu'elle ne l'aimait pas. Plus jamais elle ne laisserait quelqu'un prendre son cœur pour le briser.

Elle se retourna et contempla le pont désert. A travers les vitres du bar à cocktail, elle aperçut les musiciens qui s'installaient. Dans peu de temps, tout le monde arriverait et elle devrait se tenir aux côtés de Rick pour l'aider à faire les présentations.

Au moment où elle se décidait à retourner dans sa cabine pour prendre son sac à main et jeter un dernier coup d'œil à la liste des invités, elle vit Rick entrer dans le bar.

Il était magnifique dans son costume sombre. Elle était tellement absorbée par sa beauté virile qu'elle ne vit pas tout de suite la femme qui était pendue à son bras. Ce n'est que lorsque celle-ci se mit sur la pointe des pieds pour lui murmurer quelque chose à l'oreille que Lucy la vit. Rick se mit à rire et saisit le menton de la jeune femme pour la regarder dans les yeux.

Lucy se figea sur place. Ils formaient un très beau couple. La femme portait une longue robe rouge, elle était grande et svelte, ses cheveux blonds étaient coupés court.

Ensuite, Rick lui dit quelque chose et ils allèrent s'asseoir dans une alcôve près du bar. Qui était cette femme ? Etaient-ils aussi intimes qu'ils en avaient l'air ? Visiblement, ils s'étaient arrangés pour se voir avant que la foule n'arrive.

Lucy fronça les sourcils en se demandant s'il ne s'agissait pas de Karina. Elle savait qu'elle était un cadre important de l'entreprise et que la majorité de l'équipe dirigeante était à bord. Ce serait donc logique.

Et puis, qu'est-ce que cela changeait ? se reprit-elle en prenant le chemin de sa cabine. Ils étaient restés bons amis, il était donc normal qu'ils soient contents de se retrouver.

Une fois dans sa chambre, elle s'assit devant la coiffeuse et remit un peu de gloss sur ses lèvres et du blush sur ses joues. Malgré le soleil, elle se trouvait toujours très pâle.

L'inconvénient, si elle devenait la maîtresse de Rick, c'est qu'elle ne serait jamais sûre de lui. Il y aurait toujours d'autres femmes, attendant dans l'ombre, les observant. Avec son physique et son argent, c'était inévitable…

Pourrait-elle vivre ainsi ? Elle devinait ce que Mel lui aurait conseillé en ce moment : de ne pas être trop sérieuse, et de vivre avec son temps. Elle l'entendait presque : « S'il sort avec une autre, alors fais-en autant : amuse-toi ! »

Mais elle n'avait pas envie de sortir avec quelqu'un d'autre, et elle n'aimait pas non plus penser que Rick pouvait le faire. Le seul fait de le savoir seul au bar avec son ex-femme la rongeait. Elle revit la façon dont il l'avait regardée… Soudain, elle sentit son cœur se serrer atrocement. Elle était jalouse !

Elle reposa son maquillage sur la coiffeuse et se regarda dans le miroir. C'était ridicule. Bien sûr que non, elle n'était pas jalouse ! Elle s'en moquait totalement !

Mais ces mots sonnaient faux dans sa tête. Non, elle ne s'en moquait pas. Au contraire, cela lui importait plus que tout au monde. Car elle aimait Rick Connors.

Cette vérité se diffusait douloureusement en elle. Choquée par ce qu'elle venait d'admettre, elle ne pouvait plus bouger. Non, ce n'était pas possible, elle se trompait. Elle connaissait à peine cet homme ! Et elle ne pouvait pas lui faire confiance, puisqu'il lui avait menti sur son identité. Désespérée, elle chercha les raisons pour lesquelles elle ne pouvait pas l'aimer : c'était un séducteur invétéré, il était trop riche, trop ambitieux…

Mais cela n'eut aucun effet. Son cœur avait pris sa décision, et il avait choisi d'aimer Rick Connors.

Elle n'avait jamais rien ressenti d'aussi fort pour un homme, réalisa-t-elle en tremblant. Même pas pour Kris. Et si ce dernier l'avait fait souffrir, que serait-ce avec Rick ?

Pendant un instant, elle eut la nausée. Elle avait tellement peur ! Après avoir pris les plus fermes résolutions pour ne plus s'attacher à personne, elle avait choisi un briseur de cœurs professionnel !

Il n'était pas trop tard, se dit-elle en frissonnant. Elle devait se montrer forte et se sortir de cette situation. Pour commencer, elle allait refuser sa proposition de poste à la Barbade. Elle devait s'éloigner de lui, sous peine d'être détruite.

Mais elle s'en sortirait. Elle était forte, et elle le prouverait en annonçant sa décision à Rick le soir même : entre eux, il n'y aurait ni liaison, ni collaboration professionnelle.

Saisissant son sac à main, elle sortit de sa cabine pour se rendre dans le grand salon, et se heurta à Rick qui était de l'autre côté de la porte.

— Hé, où cours-tu comme ça ? demanda-t-il en posant une main sur son épaule.

— Je… Je ne voulais pas être en retard, c'est tout, répondit-elle en essayant d'ignorer l'effet que produisait le contact de cette main sur sa peau nue.

— Tu n'as pas besoin de te dépêcher, tu sais. Nous avons tout notre temps, lui dit-il avec un sourire désarmant.

Comment avait-elle pu être aussi aveugle ? Elle comprenait maintenant qu'elle était tombée amoureuse de lui dès l'instant où leurs regards s'étaient croisés. Elle avait refusé de regarder la vérité en face, et à présent, il était trop tard. Comment pourrait-elle cesser d'éprouver cet amour ? Cette pensée lui fit l'effet d'un coup de poignard dans le cœur.

— Nous avons quelques minutes, reprit-il doucement.

Quelques minutes pour quoi ? se demanda-t-elle, se sentant dangereusement défaillir sous son regard.

— Tu es très belle ce soir.

— Merci, parvint-elle à murmurer.

— J'aime tes cheveux relevés ainsi, cela te donne un air très sophistiqué, dit-il en faisant courir son regard sur son visage, ses épaules nues, jusqu'au décolleté de sa robe qui révélait sa peau laiteuse.

— Eh bien, je suis contente d'avoir passé le test, déclara-t-elle avec nervosité.

— Oh, oui, tu l'as passé, c'est certain ! Cela fait déjà un moment. Il manque juste une chose…

— Quoi donc ?

Il sortit un étui long et étroit de la poche intérieure de sa veste.

— Une petite chose que je t'ai achetée à New York.

Elle se rapprocha pour voir, mais il l'arrêta d'un geste.

— C'est un collier. Tourne-toi pour que je te le mette.

Prise au dépourvu, elle obéit.

— Tu ne devrais pas m'acheter de cadeaux…

Elle ferma les yeux en sentant ses doigts sur sa nuque.

— Pourquoi pas ? demanda-t-il dans un murmure, tout en fermant l'attache. Voilà, laisse-moi te regarder.

Elle se retourna et il la couvrit d'un regard admiratif.

— C'est parfait !

Elle aurait dû lui dire qu'elle ne pouvait pas accepter ce présent, que leur liaison était terminée, mais les mots ne venaient pas. Elle porta une main au lourd collier et fit un pas pour apercevoir son reflet dans un miroir.

C'était un bijou fabuleux en argent martelé, formant des arabesques. En regardant de plus près, elle vit que certaines des branches portaient des inscriptions qui lui rappelaient l'écriture aztèque.

— C'est magnifique, Rick. C'est si original… Mais tu n'aurais pas dû…

— Chut ! Je suis content qu'il te plaise. Je l'ai vu en remontant la 5e avenue et j'ai tout de suite pensé qu'il t'irait. C'est une copie en série limitée d'un collier porté par une princesse aztèque. Il lui avait été offert par son amant, et les inscriptions ont une signification secrète.

— Laquelle ?

— Peut-être devrais-je te le murmurer à l'oreille un peu plus tard ? suggéra-t-il en suivant du bout du doigt le contour du collier sur sa peau.

Lucy avait terriblement envie de se rapprocher de lui. Elle leva les yeux vers lui et sut qu'elle était perdue. Elle ne pouvait pas y mettre fin. Elle ne pourrait pas.

Rick fronça les sourcils en voyant des ombres passer dans ses yeux verts. Son ex-mari avait vraiment dû lui briser le cœur, se dit-il avec colère. Parfois, la méfiance qu'il sentait en elle le rendait si furieux qu'il avait envie de prendre un avion pour Londres et de frapper ce type.

— Lucy, je ne vais pas précipiter les choses, tu n'as pas à t'inquiéter.

— Je sais…, répondit-elle en secouant la tête.

— Bien, dit-il en souriant. Je crois que nous devrions monter sur le pont pour accueillir nos invités. As-tu jeté un œil à la liste que je t'ai donnée ?

Lucy leva les yeux, surprise par son changement de ton.

— Euh… Oui, je l'ai parcourue tout à l'heure.

— Bien, alors que la fête commence ! déclara-t-il.

Il posa une main sur son dos et l'entraîna avec lui.

Le capitaine et les premiers officiers se trouvaient déjà dans la salle du cocktail. Rick présenta Lucy et ils échangèrent quelques politesses. Le capitaine Mickaels annonça qu'ils accosteraient à la Grenade, l'île aux épices, à 6 h 30 le lendemain matin.

Il régnait une atmosphère conviviale dans la salle. Les musiciens jouaient des morceaux connus de swing et les serveurs circulaient avec du champagne et des canapés. Les invités commencèrent à arriver et bientôt, Lucy ne vit plus le temps passer. Elle était occupée à échanger des paroles aimables avec tout le monde et à s'assurer que tout se passait bien.

Après qu'elle eut serré la main de la centaine d'invités à bord, souri et trouvé le bon mot pour chacun, Lucy avait presque oublié qu'elle aimait l'homme qu'il ne fallait pas qu'elle aime.

Mais soudain, les portes s'ouvrirent et la femme que Lucy avait vue plus tôt entra.

— Bonsoir Karina, fit Rick en posant une main sur le bras de la jeune femme pour l'embrasser sur les deux joues.

— Re-bonsoir, répondit-elle avec un sourire chaleureux.

Elle tendit la main et écarta une mèche de cheveux qui tombait sur le front de Rick.

Lucy se sentit de nouveau envahie par la plus atroce jalousie.

— Lucy, je voudrais te présenter Karina Stockwell, qui est mon bras droit pour la gestion de plusieurs de nos sociétés, mais aussi une très bonne amie.

Lucy sourit à la jeune femme en lui tendant la main, décidée à ne pas céder à cette jalousie ridicule.

— Rick m'a beaucoup parlé de vous, dit Karina avec entrain. Il espère que vous allez mettre sur pied les nouveaux bureaux de la Barbade.

— En effet, répondit-elle, sentant son sourire se crisper.

La pensée que Rick ait parlé d'elle à son ex-femme la mettait mal à l'aise. Que lui avait-il raconté au juste ?

Un serveur passa avec un plateau de boissons et Lucy saisit un verre. Elle se tourna vers Rick, mais celui-ci parlait déjà à quelqu'un d'autre.

— Alors, allez-vous accepter ce poste ? demanda Karina en prenant elle aussi un verre.

— Je n'ai pas encore pris ma décision.

— Par expérience, je peux vous dire que travailler en étroite collaboration avec Rick peut être passionnant. C'est un homme d'affaires très talentueux.

— Oui, j'ai remarqué, répondit Lucy.

— Alors, je vous souhaite bonne chance.

Qu'est-ce que cela signifiait ? Qu'elle en aurait besoin ? Avant qu'elle ait pu répondre, la foule les avait séparées. L'heure vint ensuite pour tout le monde de gagner la salle à manger pour le dîner.

Le repas était délicieux, mais Lucy ne pouvait s'empêcher de regretter de ne pas être seule avec Rick sur le pont, comme la nuit précédente… Elle lui aurait parlé d'autre chose que de son ex-mari, songea-t-elle.

Mais ce soir-là, l'ambiance était beaucoup plus formelle. Une grande table la séparait de Rick, qui avait Karina à sa gauche et l'épouse de John Layton à sa droite. Elle-même se trouvait entre John et le médecin du bateau, un Ecossais d'un certain âge à la conversation agréable.

Rick se montrait drôle et prévenant. Il était beau, amusant, intelligent… La liste était sans fin, songeait-elle en le regardant. Mais il faudrait qu'elle y renonce, pour ne pas souffrir comme Karina Stockwell.

Celle-ci était d'ailleurs venue sans son mari, contrairement à la plupart des employés, qui étaient accompagnés. Lucy ne put s'empêcher de se demander si elle avait toujours un faible pour Rick. Elle lui portait beaucoup d'attention, le dévorant des yeux chaque fois qu'il lui adressait la parole.

John Layton se pencha vers Lucy, l'interrompant dans ses pensées.

— Avant que j'oublie, Lucy, Kris m'a demandé de vous transmettre un message : il voudrait que vous l'appeliez.

— Vous a-t-il signifié de quoi il s'agissait ?

— Non, mais il a dit que c'était assez urgent.

— C'est bizarre. Mais connaissant le sens dramatique de Kris, ce n'est probablement pas grand-chose.

— Il va peut-être vous demander de lui obtenir un nouveau poste ici, suggéra John avec un sourire.

— Je ne pense pas, répondit-elle en souriant à son tour. Mais on ne sait jamais. Vous savez, je crois que je vais le laisser

124

mariner quelques jours et que je l'appellerai seulement à notre retour à la Barbade.

— Bonne idée ! Et quoi qu'il veuille, Lucy, soyez prudente avec cet homme. Je ne voudrais pas vous voir souffrir de nouveau.

Lucy lui sourit, touchée par la sincérité de sa voix.

— Ne vous inquiétez pas, John, cela n'arrivera pas.

Elle jeta un regard de l'autre côté de la table. Karina flirtait à présent ouvertement avec Rick, riant d'un incident qui s'était produit au bureau quelques années plus tôt. Ses grands yeux bleus étaient rivés sur lui et elle avait posé une jolie main manucurée sur son épaule. Lucy regarda ailleurs et fit comme si elle n'avait rien vu.

Mais tout à coup, elle se rappela une autre soirée d'entreprise, où Kris était assis en face d'elle et flirtait avec une femme qui travaillait comme intérimaire à la réception. Lucy n'avait pas voulu s'en faire. C'était un dîner de Noël et Kris avait trop bu. Ce n'était que plus tard dans la soirée qu'elle avait surpris une conversation dans les toilettes des dames. Elle s'en souvenait comme si c'était hier : « Kris joue vraiment avec le feu ce soir. Tu crois qu'elle se doute de quelque chose ? Ou alors elle est aveugle… Elle est toujours si pleine d'égards pour lui, si compréhensive… Jusqu'à le laisser partir en vacances en croyant que c'est entre copains ! Quelqu'un devrait lui dire qu'il la trompe. Il la prend vraiment pour une idiote. »

Tout le monde savait… sauf elle. Le souvenir de cette humiliation était toujours là, enfoui au fond d'elle-même. Elle ferma les yeux quelques secondes. Pourquoi pensait-elle à ça ? C'était du passé et elle devait l'oublier.

Quand elle rouvrit les yeux, Rick la regardait. Leurs regards se croisèrent et il lui sourit. Ce fut comme si tout le monde autour d'eux disparaissait. Elle sentit son cœur battre plus fort dans sa poitrine. Elle ne savait plus que penser. Parfois elle sentait qu'elle pouvait lui faire entièrement confiance, et l'instant d'après, elle se demandait si elle n'était pas la dernière des imbéciles.

Après tout, il lui avait demandé d'être sa maîtresse, rien de plus. Elle détourna les yeux.

Le repas touchait à sa fin. Lucy ne prit pas de café et s'éclipsa discrètement, avec d'autres invités.

La plupart des gens se dirigeaient vers l'un des grands salons pour assister à un concert, mais elle parvint à se glisser dehors, sur le pont. Elle avait besoin d'air frais pour mettre de l'ordre dans ses idées.

Elle marcha dans la nuit chaude et parfumée, jusqu'à l'avant du bateau qui fendait les eaux sombres. La lune se reflétait dans l'océan, le parsemant de taches de lumières aussi brillantes que le collier que Rick lui avait offert.

Elle se pencha sur la balustrade et respira l'air iodé.

— Te voilà, fit la voix de Rick derrière elle. Que fais-tu ici ?

— J'admirais la vue, et je prenais l'air.

— Il fait plus chaud ici qu'à l'intérieur.

— Oui, j'ai du mal à m'habituer à la climatisation, répondit-elle en riant. C'est beau, tu ne trouves pas ?

— Oui, c'est vrai, dit-il en venant près d'elle.

Ils restèrent ainsi en silence. Tout était calme et paisible. On n'entendait que le bruit des vagues contre la coque.

— Quand on habite en ville, on oublie combien le ciel est beau la nuit, murmura-t-elle en admirant la myriade d'étoiles.

— C'est vrai, reconnut-il en posant un bras sur ses épaules. Tu vois, c'est la Grande Ourse, et là, Cassiopée…

Elle sentait son eau de toilette, chaude et sensuelle. Elle appuya la tête contre son épaule pour regarder le ciel.

— Crois-tu que les étoiles contrôlent notre destin ?

Il rit.

— Je crois que *nous* contrôlons notre destin.

126

— Ah, c'est de nouveau l'homme arrogant qui parle, dit-elle en souriant. Moi, je crois qu'il existe une puissance supérieure qui nous contrôle.

— Peut-être, acquiesça-t-il en haussant les épaules.

— De quel signe es-tu ?

— Lion.

— C'est logique.

— Comment ça ? demanda-t-il, amusé.

— Le Lion est autoritaire et aime les responsabilités.

— Ah oui ? Et toi, de quel signe es-tu ?

— Balance.

— Laisse-moi deviner : la Balance est têtue, exaspérante et aime faire les choses à sa façon ?

— En fait, la Balance est plutôt équilibrée, corrigea-t-elle en souriant. Mais elle aime peser le pour et le contre avec prudence.

— Ça, je l'avais remarqué ! s'exclama-t-il en la faisant tourner vers lui. Alors, dis-moi : est-ce que le Lion et la Balance s'entendent bien ?

— Je n'en suis pas sûre, répondit-elle le cœur battant. Je crois que cela dépend de l'alignement des planètes à la naissance. Et je pense que tu es né sous le signe d'un astre errant.

— J'aime voyager, alors il y a peut-être quelque chose de vrai. Et toi ? demanda-t-il plus sérieusement. Aimes-tu voyager vers des destinations lointaines, ou es-tu plutôt casanière ?

— Ça dépend avec qui je suis. Je crois que les gens sont plus importants que les lieux.

— Alors, si tu venais habiter à la Barbade, tes amis te manqueraient ?

— Je suppose que oui.

— Ton ex-mari te manquerait ?

— Pourquoi me parles-tu de lui sans arrêt ?

127

— Parce que je sais que tu penses beaucoup à lui. C'était le cas ce soir, n'est-ce pas ?

Elle se sentit rougir.

— Seulement parce que John Layton l'a mentionné, se défendit-elle.

— Oui, j'ai entendu, dit-il sèchement.

— Vraiment ? Je croyais que tu étais trop occupé à boire les paroles de Karina pour entendre.

Elle regretta aussitôt ce qu'elle venait de dire.

— Je buvais les paroles de Karina ? répéta-t-il, surpris et amusé. Lucy, serais-tu jalouse ?

— Certainement pas ! Je me moque bien de savoir avec qui tu flirtes, rétorqua-t-elle en s'écartant, furieuse contre lui et contre elle-même.

— Je ne flirtais pas avec elle. Karina est juste une amie maintenant.

— Très bien, répondit-elle en regardant au loin. Elle semble toujours tenir beaucoup à toi, ajouta-t-elle pour ne pas paraître trop abrupte.

— Moi aussi, je tiens beaucoup à elle.

— C'est bien quand une relation peut se terminer de manière civilisée.

— Il m'a semblé que c'était aussi le cas entre Kris et toi.

— Ça n'est qu'une apparence. Je ne me sentais pas du tout civilisée quand il m'a quittée. J'avais envie de jeter tous ses vêtements par la fenêtre et de demander à John Layton de le renvoyer sur-le-champ.

Rick éclata de rire.

— Je n'arrive pas à t'imaginer faire quelque chose comme ça. Tu es sûre que tu n'es pas un signe de feu ?

— Je n'ai rien fait de tout ça, j'en avais juste envie.

— Ce qui est compréhensible, vu les circonstances.

— Oui, mais je ne me sentais pas fière de moi. Je pense que ce genre de sentiments négatifs peut nous détruire.

— C'est ce qui a presque détruit mon père, dit Rick d'une voix sombre. Il est resté amer et renfermé sur lui-même plusieurs années après son divorce.

— Je suis heureuse de ne pas être allée jusque-là, dit-elle en frissonnant.

— Alors, tu ne veux pas que je renvoie Kris ?

— Non ! s'écria-t-elle, ne sachant pas s'il s'agissait d'une plaisanterie. Mais merci pour la proposition.

— Vas-tu l'appeler ?

— Oui, sans doute, quand je serai rentrée à la Barbade.

— Je crois qu'il veut que tu reviennes.

— A Londres ?

— Dans sa vie.

— Tu plaisantes ! dit-elle en riant. Je t'assure, il est sûrement plus heureux avec Sandra qu'avec moi. Non, John a raison : il doit être intéressé par un poste ici.

— Ce qu'il ne risque pas d'obtenir, dit-il avec fermeté. Alors, à propos de toi et moi : veux-tu essayer ?

Le changement de sujet la prit par surprise.

— Je croyais que tu n'allais pas me bousculer ?

— Je n'avais pas l'impression de le faire. Mais je te l'ai dit, je ne suis pas le plus patient des hommes. Et je veux que tu reviennes dans mon lit, ajouta-t-il d'une voix grave qui embrasa tout son corps.

Peut-être devait-elle oublier toutes ses réticences ? Elle avait tellement envie de lui !

— Rick, je…

Un couple qui se promenait sur le pont les interrompit. C'était John Layton et sa femme, qui s'approchèrent d'eux.

— N'est-ce pas magnifique ? fit John en souriant.

— Absolument, convint Lucy, ne sachant pas si elle devait se réjouir ou regretter de n'avoir pas eu le temps de dire oui à Rick.

— Il faut que John m'offre une croisière de deux semaines dès qu'il sera à la retraite, déclara sa femme. C'est si romantique !

John Layton sourit.

— Bien, nous vous laissons tranquilles, dit-il en prenant le bras de sa femme pour l'entraîner plus loin.

Mais celle-ci avait apparemment très envie de bavarder.

— Au début, quand John m'a annoncé qu'il prenait sa retraite, je n'ai pas été ravie. Mais maintenant que je me suis faite à l'idée, j'en suis heureuse.

— Je ne savais pas que vous preniez votre retraite, John ? fit Lucy, surprise.

— Rien n'est éternel. Il faut saisir les opportunités.

Ces mots résonnèrent étrangement pour Lucy, mais, avant qu'elle puisse répondre quoi que ce soit, le couple s'était déjà éloigné.

— Je ne savais pas que John partait, dit-elle en regardant Rick. L'as-tu forcé à s'en aller ?

— Qu'est-ce qui te fait penser ça ?

— Il n'avait pas l'air très enthousiaste de partir. C'est toi qui l'y obliges, n'est-ce pas ? demanda-t-elle, soudain furieuse. Comment as-tu pu faire ça ? C'est vraiment quelqu'un de bien !

— Je ne conteste pas ses qualités, répondit-il avec calme.

— Mais tu l'as mis à la porte !

— Je ne l'ai pas renvoyé, Lucy. Tu tires des conclusions trop hâtives, et ce n'est pas la première fois. On dirait que tu cherches systématiquement à avoir une mauvaise opinion de moi.

— Je suis désolée, murmura-t-elle.

— Pourquoi toutes ces barrières dès que nous abordons un sujet qui te touche ?

Elle secoua la tête, impuissante. Elle ne voulait pas qu'il la questionne ainsi.

— Peut-être parce que cela me rassure, d'accord ?

— Comment cela ?

— Je ne sais pas, Rick. C'est juste que dans toute relation, il vaut mieux garder les yeux ouverts, affronter la réalité plutôt de se laisser abuser.

— Il t'a vraiment blessée, n'est-ce pas ?

— Qui ça ? Oh… Non, ça n'a rien à voir avec mon ex-mari.

— Au contraire, Lucy. C'est à cause de lui que tu ne peux pas me dire oui, n'est-ce pas ? Mais notre relation n'aurait rien à voir avec celle que tu as eue avec Kris, crois-moi.

— Je le sais ! J'étais mariée à lui, nous avons prononcé des serments, dit-elle d'une voix tremblante. Et j'y ai cru.

— Je sais, dit-il en se rapprochant. Et je sais combien il t'a fait souffrir. Mais il faut que tu recommences à faire confiance aux gens. Tout le monde n'est pas comme lui.

Ces derniers mots restèrent suspendus entre eux.

— Je sais, finit-elle par dire. Et je suis désolée si j'ai tiré des conclusions hâtives… à propos de John.

— Je l'espère bien, répondit-il en souriant. C'est lui qui a décidé de prendre une retraite anticipée. Il voulait passer plus de temps sur les terrains de golf et avec ses petits-enfants.

Elle acquiesça.

— J'ai été surprise, c'est tout.

— Alors, on s'embrasse pour faire la paix, ou bien est-ce contre tes règles ?

— Peut-être faut-il parfois oublier les règles, murmura-t-elle, tremblante.

Rick esquissa un sourire et prit ses lèvres. C'était un baiser d'une infinie douceur, qui se fit ensuite plus profond et enflamma ses sens. Personne ne l'avait jamais bouleversée de la sorte.

Elle l'aimait tant… Elle l'aimait trop…

Brusquement, elle s'écarta.

— Je crois que nous devrions retourner à l'intérieur.

— C'est précisément à ça que je pensais.

— Non, Rick, ce n'est pas ce que je veux dire. Nous devrions nous occuper de tes invités.

— Mes invités peuvent attendre. De plus, la moitié d'entre eux assistent au concert.

— Mais pas tous ! Et puis, ce n'était qu'un baiser de réconciliation. Mes règles, comme tu dis, s'appliquent toujours.

— Je croyais qu'il fallait les oublier ?

— J'ai dit ça sous la contrainte. C'était un moment de faiblesse.

— Tu sais, je crois que j'ai trouvé en toi mon alter ego, dit-il avec un grand sourire.

— Allez, viens, rentrons, dit-elle en le prenant par la main.

— D'accord. Mais je te veux dans mon lit, Lucy. Ma patience a des limites.

Lucy sourit nerveusement. Il lui fallait toute la maîtrise qu'elle possédait pour le tenir à distance et ne pas se jeter dans ses bras.

Ils suivirent la musique pour regagner les salons. Karina était au bar avec un groupe de personnes, mais dès qu'elle les vit, elle se détacha pour venir à leur rencontre.

— Avant que j'oublie, Rick, dit-elle, il faut que nous nous voyions demain pour parler de la société de ton père. Je retourne à Londres le mois prochain, et j'ai besoin de voir quelques points avec toi.

— D'accord, mais ce ne sera que demain soir, mon planning est assez chargé.

— Très bien.

132

Les musiciens entamèrent une ballade romantique, et Rick invita Lucy.

— Tu sais à quoi je pense en ce moment ? demanda-t-il tandis qu'ils dansaient en accordant naturellement leurs mouvements.

— Au bilan annuel ? proposa-t-elle.

— C'est à ça que je *devrais* penser, dit-il en riant. Mais je pense plutôt à ce que j'aimerais te faire dans mon lit.

— Vous n'êtes qu'un séducteur, Rick Connors, protesta-t-elle en souriant.

— Je suis un homme affamé, Lucy Blake.

Quand la musique s'arrêta, elle s'écarta de lui à regret. Ils se dirigèrent vers le bar, où ils furent vite accaparés par d'autres invités.

Au bout d'une heure, le brouhaha des discussions et l'odeur de l'alcool finirent par donner mal au cœur à Lucy.

Rick fronça les sourcils en notant sa pâleur.

— Tu as l'air fatiguée, tout à coup.

— Un peu, oui. Je crois que je vais rentrer dans ma cabine.

Rick acquiesça et l'embrassa sur la joue. Il la regarda sortir du salon et lutta intérieurement pour ne pas la suivre. Mais il savait que s'il précipitait les choses, il la perdrait.

12.

Lucy était allongée dans son lit, et se laissait bercer par le mouvement lent du bateau. Elle commençait à être intriguée par cette sensation de fatigue permanente, ainsi que par ces nausées. Cela devait être le mal de mer, se dit-elle en s'endormant.

Elle se réveilla quelques heures plus tard. Il faisait toujours nuit. Elle avait très soif. Somnolente, elle attrapa son peignoir et traversa le salon pour prendre un verre d'eau dans le minibar.

En retournant dans sa chambre, elle remarqua que la porte de Rick était entrouverte et que son lit était vide. Il était 2 heures et demie, sans doute était-il au casino ou en train de bavarder au bar avec des amis.

Lorsqu'elle se remit au lit, elle eut de nouveau une sensation de nausée. Elle finit son verre d'eau et s'allongea pour se rendormir.

Quand elle se réveilla, elle vit par la baie vitrée que le soleil était déjà haut dans le ciel. Elle cligna des yeux et se frotta les paupières. Sur l'horizon, une île se détachait, avec ses collines verdoyantes et ses plage de sable blanc bordée de palmiers. C'était si paradisiaque qu'elle resta un moment à admirer ce spectacle.

Elle se sentait beaucoup mieux, et mit donc son malaise de la veille sur le compte de la fatigue. Mais lorsqu'elle se dirigea vers la salle de bains, elle fut surprise par un nouvel accès de nausée, si violent cette fois qu'elle dut courir jusqu'au lavabo.

Mais que lui arrivait-il ? Comme la veille, la nausée mit un moment à passer, puis elle se sentit de nouveau en forme.

Elle prit une douche et enfila une robe bleu pâle. Après s'être coiffée et maquillée, elle se rendit compte qu'elle avait faim, ce qui la rassura. Au moins, elle n'avait rien de grave.

Quand elle sortit de sa chambre, la baie vitrée du salon était ouverte et elle trouva Rick assis à une table mise pour deux sur la terrasse. Il buvait une tasse de café.

— Bonjour ! Tu as bien dormi ?

— Très bien, merci. Et toi ?

— Eh bien, j'ai fini par m'endormir…, dit-il d'un air amusé. J'ai bu un dernier verre sur le pont pour y arriver.

— Alors, quel est le programme pour aujourd'hui ? demanda-t-elle en s'asseyant, préférant ne pas s'aventurer sur ce terrain.

— La Grenade est en vue, nous devrions bientôt accoster…

— N'oublie pas que tu dois accorder des interviews aux journalistes que tu as invités. Elles sont prévues à 13 h 30. Ensuite, tu dois rencontrer James Donaldson pour discuter du plan marketing de Miami.

— Que ferais-je sans toi, Lucy ? Tu es très efficace !

— C'est pour ça que tu m'as fait venir ici, lui rappela-t-elle. Mais… es-tu en train de faire de l'ironie ?

— Non, je suis sérieux. Même si je dois avouer que ton efficacité n'est pas la seule raison pour laquelle je te veux ici…

Refusant de lui montrer l'embarras qu'il paraissait prendre plaisir à provoquer en elle, elle fit semblant de se plonger dans ses notes.

— Ah, et il y a aussi la présentation pour les directeurs commerciaux de Miami, à midi.

Il ne répondit pas tout de suite, et elle perçut une lueur amusée dans son regard.

— Entendu, répondit-il d'une voix sérieuse.

Il pouvait être vraiment exaspérant, songea-t-elle. Mais il était aussi très séduisant… Elle profita de l'arrivée d'un serveur pour se libérer de son regard.

— Je prendrai un pamplemousse, un petit pain au fromage et un autre au saumon, un jus d'orange. Ah, et aussi un verre d'eau, s'il vous plaît.

— Eh bien, pour quelqu'un qui ne mange jamais rien le matin…

— Oui, c'est vrai que c'est étrange, surtout que j'avais un peu le mal de mer en me réveillant ce matin.

— Le mal de mer ! reprit-il en riant.

— Qu'y a-t-il de si amusant ?

— Rien. C'est juste que la mer est d'un calme plat et qu'il y a de toute façon assez de stabilisateurs sur ce bateau pour que les passagers ne sentent pas une tempête de force dix.

— Alors, je dois être très sensible. Donc, comme je disais, reprit-elle en saisissant son agenda, tu as un programme assez chargé aujourd'hui.

— En effet. Veux-tu une tasse de café ?

Elle secoua la tête, l'estomac noué à l'idée d'en boire une seule gorgée.

— Ah, poursuivit-elle, je me demandais si je devais prévoir un cadeau de départ pour John Layton. Nous pourrions marquer le coup.

— C'est une bonne idée, mais nous devrions peut-être faire ça une fois à Londres, avec le reste de son équipe.

— Alors j'organiserai cette fête une fois rentrée.

Ils se turent à l'arrivée du serveur.

— Alors, que fait-on ? demanda Rick, une fois qu'ils furent de nouveau seuls.

— Nous pourrions lui acheter une montre, même si ce n'est pas un cadeau très original.

— Je ne parle pas de John, mais de nous.

Lucy soupira. Comme ce serait facile de lui dire oui ! Oui, elle voulait rester à la Barbade, oui, elle voulait être dans son lit. Mais elle ne devait pas se précipiter, elle devait être prudente…

— Je ne sais pas, Rick, murmura-t-elle. J'ai encore besoin de temps.

— Je pensais qu'une bonne nuit de sommeil aurait suffi.

Elle secoua la tête et regarda au loin, vers l'île.

— Je suppose que c'est la Grenade ?

— Oui, si tu fermes les yeux et que tu inspires profondément, tu peux sentir d'ici l'odeur des épices.

Elle suivit son conseil.

— Muscade et cannelle ! affirma-t-elle.

Rick la contempla, admirant les reflets or et bronze que le soleil réveillait dans ses cheveux. Elle était incroyablement belle.

— Lucy, je…

— Oh, et avant que j'oublie, tu as deux rendez-vous prévus avec un certain Brian Dawn. Je suis tombée sur des notes en feuilletant les papiers que tu m'as donnés…

— Lucy ! Oublions le travail un moment, d'accord ?

— Non, Rick. Nous sommes lundi et en ce qui me concerne, c'est un jour de travail comme les autres.

Lucy s'appuya contre le dossier de sa chaise. Il ne semblait pas trouver cela drôle. Il aimait que l'on suive ses règles, son rythme. Mais elle n'avait pas l'intention de céder.

On frappa soudain à la porte et Karina apparut, vêtue d'une jupe courte et d'un débardeur blanc, comme si elle sortait d'un match de tennis.

— Bonjour ! dit-elle en leur souriant. Tu es déjà remis, Rick ?

— Remis de quoi ? demanda Lucy.

— Oh, il ne vous a pas dit ? demanda Karina en riant. Il est resté boire avec moi, sur le pont.

— Juste un verre, précisa-t-il. Mais il me semble bien que tu as bu le reste de cette bouteille de champagne.

— Oui, je le confesse, et ma tête me fait atrocement mal. Tu n'aurais pas une paire de lunettes de soleil à me prêter, Rick ? Je ne trouve plus les miennes.

— Je crois que j'en ai une deuxième paire, proposa Lucy en se levant. Je vais voir dans ma chambre.

À son retour, Karina était penchée sur la table, dans une attitude provocante. Lucy se rassit sur sa chaise et lui tendit les lunettes.

— Merci Lucy. Bien, je vais y aller. À plus tard, Rick.

Puis, elle s'éloigna en faisant voleter sa jupe à chaque pas.

— Je pensais qu'elle resterait prendre un café avec nous, dit Lucy une fois qu'elle fut partie.

— Elle s'est inscrite pour une excursion sur l'île. Je crois que le départ est fixé à 9 h 30.

— Bien, je suppose que je devrais m'activer moi aussi, annonça-t-elle pour ne pas s'attarder sur ce sujet. Il faut que je trie tous ces papiers sur ton bureau.

Rick saisit sa main pour la retenir.

— Que dirais-tu de dîner à la Grenade ce soir ? Je connais un joli petit restaurant avec une vue formidable sur la baie.

— D'accord, répondit-elle après une hésitation.

Lucy passa la journée à mettre de l'ordre dans la correspondance de Rick, à organiser plusieurs plans marketing, à discuter avec les journalistes, et à veiller à ce qu'une collation leur soit servie pendant les interviews.

Plus tard, elle monta sur le pont pour s'assurer que tout se déroulait bien à bord. Un orchestre de jazz jouait près de la piscine et quelques personnes se reposaient sur des chaises longues. L'atmosphère était à la détente et à la paresse.

— Je crois que tu en as assez fait pour aujourd'hui, décréta Rick en la voyant s'asseoir un moment à l'ombre. Quand j'ai stipulé que j'avais besoin que tu m'aides, je ne voulais pas dire que tu devais travailler autant. Tu n'as pas arrêté de la journée. Repose-toi ! Profite de la piscine, par exemple.

Elle devait reconnaître que la couleur turquoise de l'eau était tentante.

— Oui, je vais peut-être faire un petit plongeon.

Il approcha sa main de son visage et caressa tendrement sa joue.

— D'accord, à tout à l'heure, dit-il en lui souriant.

Lucy le regarda partir et s'allongea, les yeux fermés. L'amour était une émotion si étrange, songea-t-elle. Un si petit geste pouvait faire battre le cœur si vite !

— Comment ça va, Lucy ? demanda Karina, soudain debout devant elle.

— Bien, et vous ? Votre mal de tête ?

— Ça va beaucoup mieux, merci. Je vous ai rapporté vos lunettes. Vous voulez boire quelque chose ? lui demanda-t-elle en arrêtant un serveur.

— Oui, je veux bien un jus d'orange.

— Très raisonnable ! Pour moi, ce sera une vodka tonic.

— Quel dommage que votre mari n'ait pas pu venir, remarqua Lucy en étirant ses jambes au soleil. Il travaille ?

— Oui, tout le temps.

Lucy fronça les sourcils, sentant que ce sujet était risqué.

— Comment était l'excursion sur l'île ?

— Intéressante.

Le serveur arriva avec leurs boissons.

— Alors, que fait Rick cet après-midi ?

— Il a un rendez-vous avez James Donaldson.

— Ah oui, c'est vrai. Vous êtes très compétente, Lucy. Tout le monde le dit.

— Vraiment ? J'aime mon travail, c'est tout.

— Oui, vous êtes tout à fait le genre de Rick. Il aime les femmes belles et intelligentes qui peuvent constituer un atout pour ses affaires.

— Je le prends comme un compliment, merci.

Karina opina et se leva après avoir vidé son verre.

— Mais faites attention, dit-elle gentiment. Car croyez-moi, s'attacher à Rick est une grosse erreur. C'est à ce moment-là qu'il rompt les liens.

Lucy se redressa sur sa chaise longue et la regarda.

— Merci pour le conseil, répondit-elle froidement. Mais je n'en ai pas besoin.

— Non, bien sûr que non, répondit l'autre avec un sourire crispé. Bien, à plus tard !

Son pouls battait rapidement quand elle se rallongea. Pour qui cette femme se prenait-elle pour lui parler ainsi ? Et que savait-elle dè sa relation avec Rick ? Peut-être qu'avec elle ce serait différent… Ou peut-être qu'elle se faisait des illusions. Elle se leva, n'ayant plus aucune envie de se baigner, et retourna dans sa cabine.

Il régnait une agréable fraîcheur à l'intérieur. Elle fit les cent pas, puis rédigea quelques courriers sur le bureau de Rick pour s'occuper l'esprit. Elle ne voulait plus penser aux paroles étranges de Karina.

La sonnerie stridente du téléphone de sa chambre la fit sursauter. Elle courut décrocher, pensant qu'il s'agissait de Rick, qui la cherchait. Mais elle eut la surprise d'entendre la voix de son amie Mel.

— Salut ! J'ai eu envie de t'appeler depuis notre contrée froide et pluvieuse pour te demander comment ça allait.

— Ça va, répondit Lucy en s'asseyant sur son lit, le téléphone sur les genoux. Ça fait du bien de t'entendre.

— Vraiment ? Ça ne doit pas aller si bien que ça, alors. Ecoute, je ne vais pas rester longtemps parce que ça va me coûter une fortune. Je voulais juste te raconter la dernière nouvelle qui circule au bureau : Kris et sa petite amie se sont séparés.

— Séparés ? Non, tu te trompes, ils vont avoir un bébé !

— Oui, Sandra va avoir un bébé… mais il n'est pas de Kris.

Lucy était si abasourdie qu'elle ne pouvait plus parler.

— Pauvre Kris, finit-elle par dire.

— Bien fait, tu veux dire !

Mais Lucy était sincèrement désolée pour lui, malgré la colère qu'elle avait éprouvée à l'annonce de la grossesse de Sandra. C'était peut-être le signe qu'elle avait bien tourné la page ?

— Bref, il fallait que je te le dise. Je ferais mieux d'y aller maintenant. J'espère qu'il fait chaud ?

— Oh, oui !

— Quelle veinarde ! Surtout, n'oublie pas que tu es jeune, libre et célibataire : profites-en !

Lucy souriait encore après avoir raccroché. Mel était une véritable bouffée d'air frais. Et elle avait raison : la vie était faite pour être pleinement vécue. Elle allait tenter sa chance avec Rick, et elle verrait bien où cela la mènerait.

La porte de la cabine s'ouvrit soudain et Rick apparut.

— Je ne pensais pas te trouver ici ! s'étonna-t-il.

— Je voulais finir quelques lettres avant ce soir.

Il posa le regard sur le combiné qu'elle tenait dans sa main.

— Tu étais au téléphone ?

— Non.

— Bien, murmura-t-il d'un ton un peu absent. Tu n'aurais pas vu ce dossier que j'ai mis de côté pour Miami ?

— Il est dans le troisième tiroir en partant du haut.

— Merci. Vraiment, que ferais-je sans toi ? plaisanta-t-il. Je dois y retourner, on m'attend. A tout à l'heure !

Elle le regarda partir et se réinstalla au bureau. « Que ferais-je sans toi ? » C'était la deuxième fois qu'il prononçait cette phrase aujourd'hui. Mais au fond, elle savait que Rick n'avait besoin de personne.

Elle n'avait qu'à se rendre indispensable, décida-t-elle. Et peut-être finirait-il par l'aimer ?

Perdue dans ses pensées, elle prit son sac à main pour ajouter quelques rendez-vous dans son agenda. Mais en feuilletant les pages, un astérisque rouge attira son attention. Elle avait l'habitude de marquer le premier jour de ses règles avec ce petit signe. La dernière fois était tombée le cinq janvier. Il n'y avait plus d'astérisque rouge ensuite.

Lucy regarda fixement la page, puis se mit à compter les jours avec nervosité.

13.

Lucy observait un papillon de nuit qui voletait autour de la bougie sur la table. Il s'approchait de la flamme puis s'en éloignait, pour revenir encore et encore. Il était un peu comme elle, songea-t-elle. A un moment elle était pleine de courage, l'instant d'après elle abandonnait, puis essayait encore…

— Veux-tu un cognac avec ton café ? lui demanda Rick.

Ils se trouvaient dans un restaurant pittoresque dans la forêt tropicale de la Grenade, et c'était sûrement l'endroit le plus romantique que Lucy ait jamais vu. Le plancher était irrégulier, les fenêtres n'avaient pas de vitres, mais de simples rideaux bleus s'ouvraient sur une vue spectaculaire de la baie de Saint-George où leur bateau était amarré. Le *Contessa* ressemblait à une maquette illuminée au milieu des eaux sombres.

Mais Lucy se sentait bien trop troublée pour profiter du décor. Ni des mets exquis, ni de son séduisant compagnon.

— Non, juste un café, merci, répondit-elle avec un sourire.

Etait-elle enceinte ? Elle repensa à la première nuit qu'ils avaient passée ensemble à Londres. Ils s'étaient pourtant protégés… Il y avait bien eu un petit incident, mais elle n'y avait pas accordé d'importance sur le moment.

Non, ce ne pouvait pas être ça. Certes, elle avait du retard… et même beaucoup. Mais ce n'était peut-être qu'un petit problème d'horloge biologique.

— Tu es très silencieuse, ce soir. Et tu n'as pas touché à ton vin.

— Je crois que c'est la chaleur, mais je ne devrais pas m'en plaindre ! Surtout quand il fait froid et pluvieux à Londres.

— Comment sais-tu quel temps il fait là-bas ?

— Oh tu sais, là-bas, le temps est toujours le même !

Elle ne voulait pas lui parler de l'appel de Mel, car cela la mènerait à évoquer Kris, une fois de plus.

La serveuse apporta leurs cafés et Lucy essaya de se détendre.

— C'était une merveilleuse soirée, Rick. Merci.

— Je suis content que cela t'ait plu.

Qu'allait-elle lui répondre s'il lui demandait maintenant quelle était sa décision ? Il lui proposait une liaison, rien de plus. Or un bébé n'était-il pas le plus important des engagements ?

Elle toussa avec nervosité. Tout ceci n'était qu'une hypothèse, elle n'était même pas sûre d'être enceinte. Elle allait consulter le médecin du bateau pour en avoir le cœur net.

— A quelle heure partons-nous demain ?

— A 9 h 30.

Elle poussa sa tasse de café. L'odeur, qu'elle adorait auparavant, l'écœurait.

— Veux-tu que nous y allions ? demanda-t-il d'une voix douce.

— Oui, je veux bien.

Dans le taxi qui les ramenait au petit port, ils restèrent silencieux. Il passa un bras autour de ses épaules et elle se laissa aller contre lui. La brise qui passait par la vitre ouverte embaumait la cannelle. Elle ferma les yeux et imagina qu'elle attendait vraiment un bébé. Elle imagina qu'elle l'annonçait à Rick, qu'il était heureux, et cela la fit frissonner de bonheur.

Mais ce n'était qu'un beau rêve, car Rick ne serait pas ravi d'apprendre qu'il allait avoir un bébé. Pour s'en persuader, elle n'avait qu'à repenser aux paroles de Karina sur sa phobie de l'engagement.

Le taxi s'arrêta sur les quais et ils montèrent dans un petit bateau qui les ramena au *Contessa*.

— J'allais oublier, dit Rick quand ils furent à bord. Je t'ai acheté quelque chose, dit-il en sortant de sa poche un fin bracelet violet.

— Qu'est-ce que c'est ?

— C'est censé éviter le mal de mer.

— Oh… Eh bien, j'essaierai, promit-elle en riant. Merci.

Il prit son poignet et lui attacha le bracelet.

— Voilà, j'espère que ça marchera, parce que je veux que rien ne vienne te contrarier, Lucy, dit-il en caressant son visage.

Elle avait envie de pleurer. Il était si gentil, si attentionné… Elle voulait plus que tout au monde se blottir dans ses bras et lui dire qu'elle lui appartenait… mais elle ne pouvait pas faire ça.

— Nous serons à Antigua demain, reprit-il. Nous pourrons en profiter pour nous détendre. En attendant, tu veux boire un verre sur le pont ?

Lucy essayait de fixer son attention sur ce que disait Rick, mais son esprit était ailleurs.

— Oui, volontiers. Je te rejoins. Je veux d'abord aller me changer.

— Mais ta robe est très jolie !

— J'ai juste envie de mettre quelque chose d'autre, répondit-elle en s'éloignant vers les ascenseurs. Je n'en ai pas pour longtemps. Je te retrouve dans un quart d'heure !

Lucy savait que le cabinet médical était à l'arrière du bateau, à un étage inférieur. Quand elle le trouva enfin, il semblait désert. Elle allait tourner les talons quand une infirmière passa la tête par une porte.

— Puis-je vous aider ?

— Je l'espère. Puis-je entrer ?

Tôt le lendemain matin, le bateau arriva à Antigua. Les bagages de Lucy étaient faits. Elle avait laissé un mot sur la coiffeuse à l'attention de Rick, pour s'excuser de partir sans lui dire au revoir et pour le remercier de sa proposition de travail, proposition qu'elle ne pouvait accepter.

Lucy avait reçu la confirmation qu'elle était enceinte, mais elle ne pouvait pas le dire à Rick. Il ne voudrait jamais de ce bébé. Et pour elle, il faisait déjà partie de sa vie.

Elle y avait réfléchi toute la nuit. Elle ne pourrait pas garder son poste à Londres, car elle ne prendrait pas le risque que les commérages arrivent jusqu'aux oreilles de Rick, qui comprendrait très vite qu'il était le père de son enfant.

Le connaissant, il voudrait sûrement assumer ses responsabilités. Mais elle était trop indépendante pour accepter son aide financière. Elle arriverait bien à se débrouiller toute seule. Elle allait démissionner, vendre son appartement, et partir à la campagne. Elle aurait ainsi assez d'argent pour prendre le temps de trouver un nouvel emploi.

En attendant, la priorité était de s'éloigner de Rick au plus vite, et lui dire au revoir lui aurait brisé le cœur. Il valait mieux partir en laissant un mot, et se concentrer sur des choses pratiques. Elle l'aimait plus que tout au monde, mais elle se devait être réaliste.

Elle entendit quelqu'un annoncer que le bateau était à quai et que les passerelles étaient descendues pour les personnes qui souhaitaient débarquer.

On frappa à la porte. C'était le porteur qui venait prendre ses bagages.

14.

Il faisait gris et froid à Londres, comme pour exprimer ce que Lucy ressentait. Elle était épuisée, tant physiquement qu'émotionnellement.

Plutôt que d'attendre dix heures dans l'aéroport d'Antigua et prendre un vol direct pour Londres, elle avait pris un avion pour la Barbade, qui partait tout de suite, et avait ensuite trouvé une correspondance pour Londres. Elle avait ainsi gagné du temps, mais elle avait l'impression que ce voyage avait duré une éternité. Elle s'était posé mille questions pendant le vol et n'avait pas pu fermer l'œil.

Le taxi s'arrêta devant son appartement. Il commençait à pleuvoir et les rues étaient sombres, brumeuses. Elle chercha ses clés avant de descendre de la voiture. Le chauffeur l'aida à sortir son sac du coffre et s'en alla.

— Tu en as mis du temps !

Non, elle ne rêvait pas, c'était bien la voix de Rick. Il sortit d'une voiture et avança vers elle.

Son cœur battait la chamade, plein de joie et de crainte, et de beaucoup d'autres émotions.

— Que fais-tu ici ? murmura-t-elle.

— J'allais te poser la même question !

— As-tu eu mon mot ?

Il pleuvait de plus en plus fort.

— Nous en parlerons à l'intérieur, Lucy, dit-il en saisissant son sac.

Elle hésita. Elle lui devait des explications, mais elle ne savait pas quoi lui dire. Elle ne se sentait pas prête.

Rick lui prit les clés des mains et la précéda dans l'immeuble avec un air sombre et déterminé.

Rien n'avait changé dans son appartement, et pourtant, tout lui semblait différent. Elle-même se sentait différente.

Il ôta sa veste et se pencha pour allumer un feu dans la cheminée. Et soudain surgit dans son esprit le souvenir de la nuit où ils avaient fait l'amour pour la première fois, la nuit qui avait changé le cours de sa vie.

Elle enleva son manteau et l'accrocha derrière la porte. Ses mains tremblaient.

— Alors, pourquoi t'es-tu enfuie ? demanda Rick une fois que le feu eut pris.

— Je ne me suis pas enfuie !

— C'est exactement ce que tu as fait. C'est à cause de Kris ?

— De Kris ?

— Allons, Lucy. Je sais qu'il t'a appelée sur le bateau.

— Mais pas du tout !

— Si, et il t'a dit que son histoire était terminée et qu'il voulait que tu reviennes. C'est pour ça que tu étais aussi silencieuse quand nous sommes allés dîner à la Grenade. Et c'est pour ça que tu t'es retirée dans ta cabine en me disant que tu étais fatiguée. Et c'est pour ça que tu t'es enfuie.

— Non ! Tu te trompes !

— Tu l'aimes toujours, n'est-ce pas ? Mais tu serais folle de retourner vers lui, Lucy. Il te fera encore souffrir. Tu ne peux pas lui faire confiance.

Il planta son regard dans le sien.

— Je t'en prie, Lucy...

Elle refoula un sanglot pour lui répondre.

— Je ne vais pas retourner vers lui.

— Alors tu vas revenir à la Barbade avec moi ?

— Non, je ne peux pas…

— Ça ne me suffit pas, Lucy. J'ai besoin d'une explication.

Il y eut un silence.

— Et j'ai besoin de toi, ajouta-t-il dans un murmure.

Le cœur de Lucy cognait dans sa poitrine. C'était plus qu'elle ne pouvait en supporter. Elle l'aimait tant…

— Ça ne marcherait pas, Rick, se força-t-elle à dire, sans plus pouvoir retenir ses larmes.

— Si. Je ferai en sorte que ça marche.

Il s'approcha et essuya doucement sa joue.

— Parce que je t'aime, Lucy. Je t'aime de tout mon cœur.

Elle leva les yeux vers lui, médusée. Elle pouvait à peine croire qu'il avait prononcé ces mots.

— Ne dis pas ça, Rick. Tu veux que je vienne dans ton lit, mais tu ne m'aimes pas vraiment…

— Oui, je veux que tu viennes dans mon lit. Mais je veux aussi que tu viennes dans ma vie, qui sans toi est un désert. Je t'aime.

Il lui sourit avec une tendresse qui la bouleversa.

— Je t'en prie, ne pleure pas. Je sais que tu as peur de faire une erreur, Lucy, et je sais que tu as encore des sentiments pour Kris…

— Je n'éprouve plus rien pour Kris, articula-t-elle. Tu te trompes. Et je ne lui ai pas parlé au téléphone.

— Alors pourquoi t'es-tu enfuie ?

— Je ne pouvais pas rester.

— Mais nous étions bien si ensemble ! Je sens que nous sommes faits l'un pour l'autre… Tu ne le sens pas ?

Elle secoua la tête.

— Lucy…

Il saisit son menton et l'embrassa. C'était un baiser plein de tendresse et d'amour, qui la laissa hors d'haleine. Elle ne put s'empêcher de se plaquer contre lui et de l'embrasser à son tour en y mettant tout son cœur.

— Tu vois ? murmura-t-il en relevant la tête. Je l'ai su dès que je t'ai embrassée pour la première fois, dès que je t'ai prise dans mes bras. J'ai essayé de ne pas précipiter les choses, de ne pas te faire peur. J'espérais que si je te persuadais de venir à la Barbade pour un an, tu finirais un jour par me faire confiance. Qu'un jour tu accepterais de devenir ma femme.

Lucy eut un mouvement de recul.

— Maintenant, j'en suis sûre, c'est une hallucination. N'as-tu pas la phobie de l'engagement ? Ne fais-tu pas passer les affaires avant tout, refusant toute attache ?

— J'étais comme ça, avant toi. Mais maintenant, je sais que c'est parce que je n'avais pas rencontré la bonne personne. J'avais besoin de certitude, et je n'en avais pas avec les autres femmes. C'était plus facile de me consacrer à ma carrière. Mais maintenant… Je veux beaucoup plus. J'ai la certitude que tu es la femme de ma vie, et je te désire tant que ç'en est douloureux.

Lucy lui adressa un sourire tremblant. Elle avait l'impression de rêver. Peut-être était-elle toujours dans l'avion et allait-elle se réveiller au moment de l'atterrissage ?

— Laisse-moi comprendre…, souffla-t-elle, quand tu m'as demandé d'être ta maîtresse, tu voulais déjà m'épouser ?

— Oui. Mais j'avais peur que t'en ailles si je te l'avouais. Mais tu as fui quand même. Tant pis pour mon plan A !

— Et ceci est ton plan B, n'est-ce pas ? Me suivre jusqu'à Londres et jouer cartes sur table ?

— En effet. Et je ne tolérerai aucun refus, Lucy. Si tu ne veux pas vivre à la Barbade, je viendrai habiter à Londres.

— Tu ferais ça pour moi ?

— Je ferais n'importe quoi pour toi.

150

— Alors je ferais mieux de jouer cartes sur table, moi aussi, dit-elle.

Elle prit une profonde inspiration.

— Si je suis partie si vite, c'est parce que j'ai découvert que j'étais enceinte. Je vais avoir un bébé de toi.

Ses mots résonnèrent dans le silence de l'appartement. Le choc se lisait sur le visage de Rick.

— Je sais que ça change tout. Mais ne t'inquiète pas, je n'attends rien de toi. Ce n'est pas parce que tu dis que tu m'aimes que je vais te demander quoi que ce soit…

— Tu es enceinte ?

— Je ne l'ai découvert qu'hier.

— Et tu voulais me le cacher ?

— Je ne pensais pas que tu envisageais quelque chose de sérieux avec moi. Et je ne voulais pas que tu te sentes obligé… Je savais que tu ne souhaitais pas t'engager, alors…

— Alors tu as cru bon de t'enfuir sans me prévenir !

Il semblait en colère à présent.

— Je pensais ne pas avoir le choix ! Tu n'as jamais dit que tu m'aimais…

Elle ne pouvait plus retenir ses sanglots.

— Oh non, Lucy, ne pleure pas.

Rick la prit dans ses bras et la déposa sur le canapé.

— Assieds-toi. Tu dois faire attention, dans ton état ! Tu ne devrais pas garder ces vêtements mouillés non plus.

— Rick, arrête…

— Il n'y a pas de contestation possible, dit-il en allant chercher une serviette dans la salle de bains. Tu as fait un long voyage, tu es épuisée. Et moi, j'ai besoin de m'occuper de toi.

— Je peux me débrouiller toute seule.

— Tu n'es pas toute seule, alors tu n'as pas à te « débrouiller ». Tu veux garder ce bébé, n'est-ce pas ? demanda-t-il soudain avec inquiétude.

— Oui, bien sûr que je vais le garder, s'écria-t-elle.

Elle baissa les yeux.

— Alors… ça ne te dérange pas que je sois enceinte ?

— Si ça me dérange ? Mais je suis ravi !

— Tu n'es pas obligé de rester avec moi juste parce que je suis enceinte.

— Lucy, as-tu entendu ce que je t'ai dit ? murmura-t-il tout bas, les yeux rivés aux siens. Je t'aime !

— Je sais ce que tu as dit… mais un bébé, ça change tout.

— Oui, un bébé rend les choses encore plus belles.

Il la prit dans ses bras et l'embrassa. Tremblante, elle répondit à son baiser.

— Je t'aime tant, Lucy. Et j'aimerai aussi notre bébé, ajouta-t-il en posant une main sur son ventre. Je veux être avec vous, m'occuper de vous, et vous protéger jusqu'à la fin de ma vie.

Elle se remit à pleurer.

— Désolée, je crois que ce sont mes hormones… Je t'aime, Rick.

— Vraiment ? demanda-t-il en sursautant.

— Oui ! J'ai juste essayé de lutter contre cet amour.

Il la reprit dans ses bras et la serra très fort, avant de l'embrasser avec passion.

— Dis-le-moi encore !

— Je t'aime, Rick. Je n'ai jamais aimé personne comme je t'aime.

— Et tu as confiance en moi ?

Elle acquiesça.

— Suffisamment pour donner une nouvelle chance au mariage ?

— Oui.

Il la regarda avec des yeux pleins d'adoration.

— Et cette fois-ci, ce sera pour toujours, promit-il.

Le nouveau visage
de la collection Or

◆

AMOURS D'AUJOURD'HUI

Afin de mieux exprimer sa modernité et de vous séduire encore davantage, votre collection Or a changé de couverture et de nom depuis le 1er mars 1995.

Rassurez-vous, les romans, eux, ne changent pas, et vous pourrez retrouver dans la collection **Amours d'Aujourd'hui** tous vos auteurs préférés.

Comme chaque mois, en effet, vous y attendent des héros d'aujourd'hui, aux prises avec des passions fortes et des situations difficiles...

COLLECTION
AMOURS D'AUJOURD'HUI :
Quand l'amour guérit des blessures de la vie...

Chère lectrice,

Vous nous êtes fidèle depuis longtemps?
Vous venez de faire notre connaissance?

C'est pour votre plaisir que nous avons
imaginé un rendez-vous chaque mois
avec vos auteurs préférés, vos
AUTEURS VEDETTE dans les
collections Azur et Horizon.

Les AUTEURS VEDETTE vous
donneront rendez-vous pour de
nouveaux livres vedette.

Pour les reconnaître, cherchez
l'étoile ... Elle vous guidera!

Éditions Harlequin

HARLEQUIN

LE FORUM DES LECTEURS ET LECTRICES

CHERS(ES) LECTEURS ET LECTRICES,

VOUS NOUS ETES FIDÈLES DEPUIS LONGTEMPS?

VOUS VENEZ DE FAIRE NOTRE CONNAISSANCE?

SI VOUS AVEZ DES COMMENTAIRES, DES CRITIQUES À
FORMULER, DES SUGGESTIONS À OFFRIR, N'HÉSITEZ
PAS… ÉCRIVEZ-NOUS À:
     LES ENTERPRISES HARLEQUIN LTÉE.
     498 RUE ODILE
     FABREVILLE, LAVAL, QUÉBEC.
     H7R 5X1

C'EST AVEC VOS PRÉCIEUX COMMENTAIRES QUE NOUS
ALLONS POUVOIR MIEUX VOUS SERVIR.

DE PLUS, SI VOUS DÉSIREZ RECEVOIR UNE OU
PLUSIEURS DE VOS SÉRIES HARLEQUIN PRÉFÉRÉE(S)
À VOTRE DOMICILE, NE TARDEZ PAS À CONTACTER LE
SERVICE D'ABONNEMENT; EN APPELANT AU
(514) 875-4444 (RÉGION DE MONTRÉAL) OU 1-800-667-4444
(EXTÉRIEUR DE MONTRÉAL) OU TÉLÉCOPIEUR
(514) 523-4444 OU COURRIER ELECTRONIQUE:
AQCOURRIER@ABONNEMENT.QC.CA OU EN ÉCRIVANT À:
     ABONNEMENT QUÉBEC
     525 RUE LOUIS-PASTEUR
     BOUCHERVILLE, QUÉBEC
     J4B 8E7

MERCI, À L'AVANCE, DE VOTRE COOPÉRATION.

BONNE LECTURE.

HARLEQUIN.

VOTRE PASSEPORT POUR LE MONDE DE L'AMOUR.

<u>COLLECTION HORIZON</u>

Des histoires d'amour romantiques qui vous mènent au bout du monde!

Découvrez la passion et les vives émotions qu'apportent à la Collection Horizon des auteurs de renommée internationale!

Captivantes, voire irrésistibles, ces histoires d'amour vous iront assurément droit au cœur.

Surveillez nos trois nouveaux titres chaque mois!

GEN-H-R

69 L'ASTROLOGIE EN DIRECT
TOUT AU LONG
DE L'ANNÉE.

(France métropolitaine uniquement)
Par téléphone 08.92.68.41.01
0,34 € la minute (Serveur JET MULTIMÉDIA).

Composé et édité par les
*éditions*Harlequin
Achevé d'imprimer en février 2006

BUSSIÈRE

GROUPE CPI

à Saint-Amand-Montrond (Cher)
Dépôt légal : mars 2006
N° d'imprimeur : 60046 — N° d'éditeur : 11950

Imprimé en France